U0742727

骥影诗梦集

周世贵 著

中国纺织出版社有限公司

内 容 提 要

《骥影诗梦集》中的诗词，体裁多样，严守格律，语言朴实，意远情浓，韵味悠长。作者以广阔的胸襟和独特的生活经历，给新时期多姿多彩的诗坛增添了一道靓丽的新景观。

图书在版编目（CIP）数据

骥影诗梦集／周世贵著. -- 北京：中国纺织出版社有限公司，2024.2

（满庭芳文萃）

ISBN 978-7-5229-0965-3

Ⅰ.①骥… Ⅱ.①周… Ⅲ.①诗集—中国—当代 Ⅳ.①I227

中国国家版本馆CIP数据核字（2023）第232475号

责任编辑：郝珊珊 责任校对：王蕙莹 责任印制：储志伟

中国纺织出版社有限公司出版发行

地址：北京市朝阳区百子湾东里 A407 号楼 邮政编码：100124

销售电话：010—67004422 传真：010—87155801

http://www.c-textilep.com

中国纺织出版社天猫旗舰店

官方微博 http://weibo.com/2119887771

北京虎彩文化传播有限公司印刷 各地新华书店经销

2024 年 2 月第 1 版第 1 次印刷

开本：880×1230 1/32 总印张：64.75

总字数：998 千字 总定价：600.00 元

贺诗贺词

贺世贵《骥影诗梦集》付梓

尹宏隽

2022 年 5 月 2 日

两卷诗成费苦心，豪情冲斗唤风云。

吟君健笔骊珠句，唇齿留香美味醇。

注：尹宏隽，河南诗词学会原副会长兼秘书长，河南省委原常务副秘书长。

贺周世贵先生《骥影诗梦集》付梓

李刚太

2022 年 5 月 5 日

曾是林师座上宾，沧桑几度鬓如银。

青山剩有隆中策，白水应无化外人。

妙笔华章吟雅颂，闲庭信史记风尘。

躬耕不必垂三顾，著作煌煌美善真。

注：李刚太，河南诗词学会原副会长，河南老年诗词学会副会长。

5

贺世贵兄《骥影诗梦集》付梓

葛景春

2022 年 5 月 6 日

南阳自古多英雄，大野深山藏卧龙。

人杰时逢盛世出，地灵恰遇运机通。

驰骋西域才方健，歌哭中原气正宏。

口吐霓虹三万丈，心游四海任从容。

注：葛景春，河南诗词学会原副会长，河南省社会科学院研究员，中国杜甫研究会副会长，中国李白研究会副会长。

贺周世贵先生《骥影诗梦集》付梓

谭杰

2022 年 5 月 7 日

对月长歌叹寂寥，悠思昔聚乐风骚。

中州秋雨轻音唱，西部风光妙笔雕。

三载窗灯留影像，千诗赋韵荡云霄。

今朝举酒遥相贺，缘系周公亦自豪。

注：谭杰，河南诗词学会原副会长，洛阳诗词研究会会长，洛阳大学副校长。

为世贵兄《骥影诗梦集》付梓题

郭玉琨

2022 年 5 月 8 日

闻说昭文久，雕虫每致新。
余年竟何事，觅句作诗人。

注：郭玉琨，南阳诗词学会会长，河南诗词学会第四、五、六届副会长，中华诗词学会第二、三届理事。

贺周世贵先生《骥影诗梦集》付梓

郭友琴

2022 年 5 月 9 日

西部风尘洗未消，中州秋雨润英翘。
曾经瀚海轻荒漠，敢踏长河逐素飚。
岁月峥嵘人有韵，波澜跌宕思成潮。
高吟两卷今刊定，引望书香远正飘。

注：郭友琴，河南诗词学会常务副会长，中华诗词学会诗教部副主任。

步韵贺世贵兄《骥影诗梦集》付梓

王国钦

2022 年 5 月 15 日

幸识贤兄追比近，高情厚谊望迢遥。
风尘西部思鹰翅，秋雨中州忆韵僚。
已把真诚吟景夜，又将潇洒写霞朝。
南阳祷祝人长寿，美酒飞觞梦也豪。

注：王国钦，河南诗词学会副会长，曾为中华诗词学会第二、三、四届常务理事，河南文艺出版社副总编，中国作家协会会员。

敬步周君世贵师韵贺《骥影诗梦集》付梓

牛蕴

2022 年 5 月 18 日

难忘同席论风骚，驰骋诗途未觉遥。
我醉人生须纵酒，君耽文字不贪僚。
高天常喜春秋雨，大海唯亲朝暮潮。
勇士奔腾千里马，扬鞭高咏更堪豪。

注：牛蕴，河南诗词学会副会长，《中州诗词》主编。

步周世贵兄韵贺《骥影诗梦集》付梓

胡社桥

2022 年 5 月 19 日

挥别匆匆相见少，南都山水可逍遥？
燕来燕去望歧路，花落花开忆旧僚。
千首诗词吟故事，一腔心血写今朝。
他年有约得欢宴，共举金樽意气豪。

注：胡社桥，河南诗词学会原副会长，洛阳诗词学会会长。

敬贺世贵《骥影诗梦集》付梓

李学军

2022 年 5 月 20 日

惜别绿城忱意邀，机缘善识认君豪。
每闻佳作澄怀介，常忆风标慕子乔。
艺苑奇葩扬国粹，诗坛攒手逐星桥。
德馨波黛晴岚袅，心迹湘累振薛涛。

注：李学军，河南诗词学会原副会长，中华诗词学会理事。

步周公世贵韵贺《骥影诗梦集》付梓

邱新航

2022 年 5 月 21 日

羞赧少壮读书少，膛后望尘万里遥。
焚膏继晷求索路，闲云野鹤愧友僚。
九丘八索洪荒事，三唐两宋诗词朝。
会当重阳登高日，龙山吹帽亦堪豪！

注：邱新航，河南诗词学会原副会长，河南四季胖哥集团董事长。

步周兄韵贺《骥影诗梦集》付梓

张胜吾

2022 年 5 月 22 日

自别郑州相见少，南行弄海路途遥。
收藏衍出文博理，汲古清风金石僚。
百殿千宅重复古，一心六艺续今朝。
弟吟感叹诗千首，文化传承当自豪。

注：张胜吾，河南诗词学会原副会长，中国文化研究会金石文化专业委员会主任。

步周兄韵贺《骥影诗梦集》诗集付梓

朱东升

2022 年 5 月 22 日

老兄别郑回来少，诗作传音路不遥。

岁月蹉跎风雨路，人生浪漫垦边僚。

三年案索留佳句，两部诗吟写盛朝。

击掌赠书欢聚日，弟兄斗酒谪仙豪。

注：朱东升，河南诗词学会原常务理事，河南田野文化艺术有限公司董事长，中央美术学院兼职教授。

步世贵兄韵贺《骥影诗梦集》付梓

周海西

2022 年 5 月 25 日

求学西行年岁小，寒冬腊月路迢遥。

原驰雪域天山马，根扎中州结善僚。

秋雨无声亲故土，青山有意壮新朝。

羡兄握有神来笔，诗意正浓雅韵豪。

注：周海西，诗者周家兄弟，河南省南阳鑫联置业有限公司董事长。

序

十年前，我接任新一届河南诗词学会会长时，周世贵同志是副会长。自此，我们相见日多，相知日深，相交日笃。最近，由他精心创作和选编的诗词《骥影诗梦集》即将付梓，诚邀我为之作序，我忝在吟俦，只好勉以应允。

读完这部鸿篇诗稿，我对世贵同志的人品和诗品又增添了更深一层的了解。他出身寒门，艰苦的生活磨炼出他的坚毅。世贵同志好学上进，自强不息，志向高远而不自矜，身遭坎坷而不气馁；修养品德，忠诚正直，不以利禄为光宠，不因穷达易节操，作风严谨，求真务实，不曲道以媚时，不诡行以邀名。他平生钟爱诗词，不仅勤研深探，还在公务之暇，即事咏怀，从未间断。他的诗词，体裁多样，严守格律，语言朴实，意远情浓，韵味悠长。他以广阔的胸襟和独特的生活经历，给新时期多姿多彩的诗坛增添了一道靓丽的新景观。

这部《骥影诗梦集》，一是分量大，内容丰富。二是时间跨度长，首篇起于1960年，末篇止于2021年，跨越时空六十余年，可以说是世贵同志在人生旅途中心灵感悟的忠实记录。三是体裁不拘一格。在他的笔下，律诗绝句运用得娴熟自如，长短句如行云流水般质朴自然。

世贵同志从小胸怀大志，砥砺前行。20世纪50年代末，在其兄长亲友支持下，年仅16岁就毅然奔赴青海，西去求学。毕业后被分配到果洛藏族自治州玛沁县工作，开启了他迎难而上，不惧艰辛困苦，玉汝于成的历练之路。《西去古城》中"志酬干校三秋梦，情暖郭庐六尺床"，《鹊桥仙·少年初悟世》中"冬行义马，西城梦筑，千里人生起步。一腔热血自中州，我初享、春天甘露。中原少雨，昆仑多雪，鸿鹄当求高骞。少年有志可酬勤，切莫要、年华虚度"。开卷阅读世贵同志的诗词，使我不禁想起梁启超的《中国少年说》一文，"今日之责任，不在他人，而全在我少年。少年智则国智，少年富则国富，少年强则国强……少年进步则国进步"。世贵同志诗词中不正是体现了这种强烈的家国情怀、进取精神吗？

"文章合为时而著，歌诗合为事而作。"习近平总书记在全国文艺工作座谈会上的讲话，引用1200多年前大诗人白居易的这句口号，鲜明表达了文艺与时代之间的辩证依存关系。习近平总书记指出："广大文艺工作者要树立大历史观、大时代观，眼纳千江水、胸起百万兵，把握历史进程和时代大势，反映中华民族的千年巨变，揭示百年中国的人间正道。"周世贵同志的诗词，正是以小我见大我，以工作、生活状态观照社会，以乐观向上的饱满热情应对困境，战胜困难及危险。

收入上卷"西部风尘"中的诗词，充分反映了作者的坚定立场、家国情怀和迎难而上、与艰难困苦斗争必胜的理念。如《渔家傲·走果洛风尘录（三首）》中"半碗肉汤香味妙，狼吞虎咽饥肠饱。一路风尘心绪好。西部鸟，笃求报国忠心表"；《首领工资》中"如今已进高原梦，以后当扬赤子歌。走马雪山甘做仆，解民困境不骄奢。一心报国方行远，下乡何愁虱子多"；《陪赵乐文拉木龙沟行》中"胆小偏逢人鬼界，谷荒独对野狼踪。

糌粑填肚天为帐，篝火熊熊夜照明"；《阿尔佳的故事（二首）》中"山蒜山葱山叶玛，奇香美自野中生"；《牦帐炉前梦（二首）》中"盛夏如春春日短，中秋下雪雪冬还。艰辛岁月吾生福，筑梦千秋定可圆"等等，抒发了作者身居高原藏乡，不畏困苦，为民解忧，以苦为荣的乐观主义情怀。《六月雪》中"玛积高峰大雪泫，冷封六月几人知。长途觅帐寒风号，险道挥鞭烈马嘶。情系灾民晨醒早，心装急报夜眠迟。今朝正值人年少，为党分忧砺志时"；《陪曼巴寻踪拉姆队长（二首）》中"寒空帐透星光灿，长夜入眠梦幻多。县上关心巡诊病，牧民受惠暖心窝"，字里行间，他深情抒发的不是一己的离思愁绪，而是心系雪域高原藏民的壮志豪情。

热爱雪域高原，扎根新疆边疆，视雪域、边疆为大美的诗词，在其诗作中多有所见。如"高原大美能修性，野味奇香可入书""鸟语花香春醉日，临行不舍老阿妈""一曲花儿飞泵马，阿佳住处早闻香""高原旭日翻红浪，旷野牛羊绕绿柯""万里春风新世界，雪融九曲大江河"。在作者的眼中、笔下，天美地美，花美人更美。满眼诗情画意，处处无不是诗境，真正是深爱雪域高原，深爱西域新疆！

"诗文随世运，无日不趋新。"创新是文艺的生命，生活是艺术的源泉。1964年，世贵同志转入新疆生产建设兵团工作，由此，他的诗词创作也进入了新的天地。《兵团第一天》中写道："兵团昭管处，军垦建红城。雪化春风爽，边陲扎大营。"《初识昭管处（二首）》中写道："军垦戍边何谓苦，美名留得后人传。"还有"吾道中州新入客，心仪此处胜京畿""乐住天山下，保边战一员"等，流露出作者参加屯垦戍边、献身事业的决心、自豪、信心和担当。此后的二十余年里，世贵同志在兵团参与三线备战、修建大桥、医院后勤管理、拖拉机大修、筹建联营公司等多项工作，始终抱着忠于党、忠于人民的坚定信心，正道直行，勇于担当，弘扬真善美，鞭笞假恶丑。这些品质在这一时期的大量诗词作品中处处可见，令人赞赏。正如习近平总书记在文艺工作座谈会上的讲话中指出的："优秀作品并不拘于一格、不形于一态、不定于一尊，既要有阳春白雪、也要有下里巴人，既要顶天立地、也要铺天盖地。只要有正能量、有感染力，能够温润心灵、启迪心智，传得开、留得下，为人民群众所喜爱，这就是优秀作品。"

"中州秋雨"是世贵同志《骥影诗梦集》的下卷。该卷题材广阔，内容丰富，俯仰古今，吐纳万象，彩毫犹健，多有佳作。

这个时期的诗词创作，一是表现游子归乡的喜悦。如："时临春节到，皓月即东升。昔走高原地，今归古宛城。边陲多奋斗，梓里尽征程，击浪行东海，扬鞭踏九峰。"抒发对家乡的热爱和矢志建设家乡的情怀。二是世贵同志长期从事国有企业的销售工作，到过全国不少地方，每次游览名山大川，瞻仰古贤英烈、名人遗迹，往往都有题咏。状山川胜景，历历如画，缅怀先哲，事义相生，真切感人。三是忆旧怀友，酬赠应和之作，别开生面，不落俗套，情真意切，敬亲尊贤的盛情溢于言表。四是反映作者参加产品购销会、专家恳谈会、营销交流会，产品推介会、技术研讨会等活动的诗作，自是直抒胸臆，情深意长。语言平实通俗，多用基层百姓原话，雅俗共赏。

粗览《骥影诗梦集》诗稿，掩卷而思，感慨良多，受益匪浅。总而言之，世贵同志的诗词在政治上是坚定的，思想上是贴近生活、贴近社会、贴近人民、贴近现实的。满满正能量，处处真善美。

盛世多佳作，人间要好诗。世贵同志年事已高，但壮心不已。今近五百首诗词作品，即将付梓出版，可喜可贺。此文所述，权作引子，是以为序。

李学斌

2022 年 5 月 12 日

注：李学斌，河南省人民检察院原检察长，河南诗词学会原会长。

周世贵"原诗"

 周世贵是一个诗人，写过无数的诗词，这方面我不能置喙。我不写诗，也不懂诗，平仄之类的一点也弄不明白。

 作为老朋友，我对世贵兄的人生际遇却略懂一点，所以看到世贵这部诗稿，我对他说："我不懂诗，我欣赏的是你本人。"

 世贵出身寒苦，十几岁就漂泊大西北，先在青海省文化干部学校学习，被分配到果洛藏族自治州雪域高原工作，在那艰辛岁月里，在极端危险的环境中，过着居无定所、终年跳蚤缠身的马背生活，坚持与藏族人民四同。那苦、那累、那险、那难锻造了他的刚毅性格、勇往直前的胆略，这是他人生的最大财富。进入兵团后，他作为军垦一员，为保卫、建设边疆亦做出了应有的贡献。在改革开放后，业余创业，首次成功，奠定了人生的物质基础，成为兵团当地有名的小康户。后调回南阳，落脚无线电厂（后改为金冠电器），为其发展立下汗马功劳。劳绩之余，他尚有文学之癖，时不时操笔为诗，一发豪情。

 随着年龄的增加，特别是进入老境之后，我越来越觉得文学艺术这东西是第二位的，与沉重、曲折、五味杂陈的人生比较起来，再高级的诗也是比较轻薄的东西，包括小说、戏剧、电影、理论等。反过来说，那种用爱和恨，用汗水、泪水，甚至血水酿就的人生经验才是诗，可称之为"原诗"，更为珍贵。诗人将这种经验文字化，写出来的分行的东西，大多只得其皮毛，那些尖锐而微妙的，承受与不可承受的喜怒哀乐、疼痛和畅意大都被丢失了。

写到这里，我想起了德国大哲学家尼采写德国另一位大哲学家叔本华的一首诗《阿图尔·叔本华》：

> 他传授的学说，已被人搁置，
>
> 他亲历的生命，将永世长存；
>
> 只管看看他吧！他不曾听命于任何人。

尼采说叔本华的著述已经过时，但他独具一格的生命将永世长存。

我翻阅世贵这部诗集，发现还真是这样。

但我要说，这些诗句只是表达了世贵个体经验很小的一部分。比较起来，我喜欢世贵的"原诗"胜于这些用文字开列出来的诗句。当然，根本上是喜欢世贵这个人。

我希望世贵今后的诗作更多地把自己感情上的波澜，那种人性的闪光细致入微地表达出来，而不是笼而统之、叙而不述。是为序。

王遂河

2021 年 11 月 17 日　于了我斋

注：王遂河，著名作家，南阳市原文联主席。

踏破山川风雨路，几多壮语谱新歌

——周世贵兄诗词集
《中州秋雨》拜读有感

  世贵老兄是我的良师益友，也是从第三届开始进入河南诗词学会活动继而担任副会长的。十多年前，我有幸与他一起为河南诗词学会服务，其情其景至今依然如在眼前。多年以来，时不时从电话中听到他那洪亮而又亲切的声音，我总是感到非常温暖。

  已进入古稀之年的世贵老兄，精神依然矍铄。尽管两年多来新冠肺炎疫情肆虐，也未能阻挡他整理自己诗词作品的顽强脚步。壬寅春节前夕，世贵老兄专程来郑，说他要出版的诗词集分为"西部风尘"与"中州秋雨"上下两卷，并当面让我为"中州秋雨"作序。某虽不才，但世贵老兄交代的任务不可推辞。

  世贵老兄性情洒脱，为人真诚，是一位当下社会少有的性情中人。他年轻的时候在西宁进入青海省文化干部学校学习，并被分配到果洛藏族自治州玛沁县人民政府工作，后又转入新疆生产建设兵团长达 26 年之久。他在青海雪域高原与新疆生产建设兵团的戍边工作、生活中，受到了太多的磨砺和锻炼，逐渐成长为一个有抱负、有胆略、有能力、有担当并能够适应各种环境的人，先后为社会、国家做出了一定的贡献。1986 年调回故里南阳的一家国企，从此又开始了新的征程，其业务足迹遍布全国各地。在与世贵老兄的长期接触中，他始终保持着说话干脆、处事干练、为人干净的作风与品质。《中州秋雨》就是他回归中州后三十余年的生活感悟与真实记录。

> 兵团廿二岁蹉跎，奉献青春也算多。
> 守土坚心存垦志，和邻奋斗化兵戈。
> 还乡故里重修炼，尽孝娘亲再筑窝。
> 踏破山川风雨路，几多壮语谱新歌。

这一首《故土新路》所表现的，是世贵老兄刚刚回到故乡时对以往的简单总结和对未来的深情瞻望。其中所谓的"和邻"，就是当时与苏联和平相处的国策。世贵老兄《中州秋雨》中的大多作品，都可从诗句"踏破山川风雨路，几多壮语谱新歌"中找到某些一以贯之的痕迹。俗话说"文如其人""诗如其人"，在与世贵老兄的交往中，最让我难以忘怀的事情有三件：

第一件事，是发生在 2005 年 3 月 5 日下午，河南诗词学会工作会议正在进行，世贵兄架着双拐来到了学会办公室——他是应时任会长林从龙老师之邀，前来接洽有关诗词工作的。他不顾身体有恙，从南阳赶来郑州着实令人意外，可见他对诗词事业的执着与热爱程度。我为什么对此事记忆如此之深？是因为我有一首次日的《新词·气如虹·二○○五年三月六日周末纪事》为证："朗朗日当中。习习春风。诗词学会事丛丛。公事当先家事让，休息又成空。平地起雷声。骤雨奔洪。眼前怎料势汹汹？直面横流心底笑，本色不争雄。鼓掌何轻松？细说丹诚。灵魂圣地自深情。腐鼠鸳雏身外事，大水总归东。守望任从容。莫道苦衷。歌吟二九路重重。窗外依然红日照，雨过气如虹。"世贵老兄还在《邀林老从龙先生来舍聊天》一诗中写道："虽行天下知诗浅，西部长歌早入心。半世求安文习懒，一天突醒笔方勤。商家逐利迎风雨，诗界为名守寂门。林老领军虽受绊，吾襄学会度寒林。"这一首作品，是世贵老兄在学会最困难之际匡助学会的佐证之一。近日重读这些诗词，眼中不禁重新有些湿润与模糊了。

第二件事，是河南诗词学会在 2007 年组织的首届"诗圣杯"诗词大赛。当时，大家一致推选林从龙老师为终身成就奖获得者，而林老师则一再提出我也应该是本次活动的获奖者之一。而我则反复重申自己不宜获奖，主要理由有三：（1）自己是本次活动的主要策划者；（2）自己年轻，以后的获奖机会还多；（3）更广泛地选拔全省各地的诗词人才，是我们组织本次活动的目标。多次推辞不成，后来我在学会会长办公会上把自己的理由重申了一次。世贵老兄说："国钦说得对，我赞成。"至此，我才终于成功地辞掉了这个奖项。

第三件事，是后来学会内部不意发生了一些误会。为了学会的团结大局，世贵老兄在关键之际站出来帮我仗义执言、申明真相。而这些仗义执言，都是我不在场的情况之下他朴素良知的自觉体现。世贵兄在《与诸位会长共勉》一诗中写道："古今逐鹿言刘项，云起中州道宋唐。北漠天寒风雪冷，南方地暖桂花香。清名怎可容人污，愫腹焉能用尺量。静气平心君子态，诗坛雅士可流芳。"由此可见他的为人之道及宽广胸怀。

衷心感谢世贵老兄，我永远不会忘记您那些宝贵帮助的！在以往岁月纷纷扬扬的"中州秋雨"中与君同行，那是我的荣幸！

其实，世贵老兄不仅创作诗词，其散文作品也很有成就，以至人们在谈到"南阳作家群"的时候，就会想起他也是其中的重要一员。"踏破山川风雨路，几多壮语谱新歌。"短序结東之际,我仍然不由自主地想起世贵老兄的这两句诗。同时,这两句诗也必将作为座右铭激励我们一起在以后的岁月中继续努力,不断进步。

世贵老兄,多多保重。更多、更好的诗词佳作,一定还在等着被您的生花妙笔源源不断地创作出来呢。

是为序。

王国钦
2022 年 4 月 9 日 于中州知时斋

注:王国钦,中国作家协会会员,河南诗词学会副会长。出版有《守望者说》《歌吟之旅》《知时斋说诗》《知时斋诗赋》《赋说中原——王国钦辞赋欣赏》(姚待献主编)等著作,编著有《左手青春右手诗》等。

自　序

　　1959 年 12 月，年少立志外出求学的我得知西北多所学校招生，便乘火车前往义马，在大哥资助下购买了去西安的车票。到达西安后，吃饭时，小偷偷走了西安—兰州的车票和大哥送我的 50 元钱。我求告无门，坐在候车室门槛上泪流如雨。走不能，回不去，就连发个电报的钱都没有，真乃天绝人也！

　　正在此时，一位穿蓝色制服的姑娘走到我面前，问明我的情况后说："你在这里等我，我去找站长反映你的情况，帮你解决去兰州的困难。至少在这里等两小时，一定等我回来。"一个半小时后，她把一张写着西安—兰州的通行记录交到我手上，带我走专用通道上了火车，找好座位，并再三叮嘱后，才下车离去。我再次感动得涕泪俱下。

　　顺利到了兰州，又乘火车赴西宁，经考核审查后终于进入了青海省文化干部学校。真乃春雷一声，一步登天，人生之大幸也！在校期间，享受每月 35 斤的大专院校粮食供应标准，但仍觉肚子欠饱，直至在果洛藏族自治州玛沁县下乡期间才无饥饿的感觉。

　　青海高原的下乡经历是我走出校门、踏入社会的人生最大转折。当时，果洛藏族自治州人民政府、玛沁县人民政府处于刚搬入或正在搬入大武镇阶段，玛沁县委、县人民政府全员在棉帐内办公，包括县长、县委书记。大武滩草茂花香，雨雪丰霈，是一个东西长20余里、南北宽10余里的平滩草地。然而，初分到玛沁县，我就要下乡到玛积雪山最偏远的大山深处，这是我始料不及的。那里地势高拔，重峦起伏，河流纵横，雨量充沛，山绿草茂，雪峰凌霄。在那艰难岁月里，我与领导和同事曾一度日夜在极端困难、极端危险的环境中踏雪山、钻雪洞、走草场、渡冰河、睡野林，长夜篝火狂燃，直到狼群退去，过着居无定所，终年跳蚤缠身的马背生活。那苦、那累、那难、那险至今还历历在目。但我们坚决执行与藏族同胞同吃、同住、同劳动、同商量的四同要求。恰恰是这段经历，奠定了我人生的深厚基础。我的胆、我的志、我的才、我的心胸情怀，无不打上了这人生仕途第一驿站的锤炼烙印，它是我人生的最大财富。

1964年3月，我由青海转入新疆生产建设兵团第四师昭管处，先后在处农试站、处医院工作。中苏关系紧张阶段，我被抽调到天山三线和解放大桥建设指挥部工作。当时工地上只有两间土房，我因主管后勤工作，被首长安排和其同住一个房间，办公、睡觉与首长形影相随，一天不离。我处为副地师级领导机关，首任总指挥由王志忠副处长兼任。他是从兵团高级法院院长位置上下来的，品正纪严，理论水平极高，且平易近人。在与他7个月的日夜相处中，我受益匪浅。无奈他是知识型的首长，不善于指挥这样繁杂、短期、特殊条件下的工程。因此，昭管处党委会决定由处参谋长李华山接替他的职务。李总指挥性格刚烈、直爽、认真，工作雷厉风行，可以说与王总指挥性格截然相反。我在解放大桥工作时间不长，但得到的锻炼是深刻的，获益是巨大的。这段工作比较平顺，我在这期间广泛交往，开阔视野，由此进入了成熟阶段。

解放大桥指挥部工作结束后，组织派我进入第四师昭管处大修厂锻炼学习。这个工厂是在中苏关系尚好时建成的，担负着整个垦区系统和相邻两个县的拖拉机大修任务。在工厂我也极其认真钻研。当时我们接修外国车辆，如罗马尼亚、南斯拉夫、苏联的车辆，其工艺技术资料是没有的，但我凭着不服输的性格和孜孜以求的精神，攻克难关，很快掌握了有关装配、维修的技术。

20世纪70年代末，受到国家形势的启发，我决定业余筹划自主创业。在当地，我是第一个办理个人营业执照的。在与公办商店相邻的绝佳位置，我开设了经营铁木组合的综合商店，由于商品对路，服务热情，收益颇丰。

与此同时，我借回内地之机，在两个月内对内地情况进行了较为全面的考察。我先后去了内蒙古巴彦淖尔，河北石家庄，山西晋城，山东青岛，天津，江苏苏州、无锡、南通等地，开阔了眼界，思想也发生了很大变化。经认真考虑，在回到新疆后，我向组织提出筹建昭管处联合经营公司的计划，利用兵团的资源优势、人力优势，引进沿海地区的资金、人才、技术和设备，进行内引外联。这一提议得到了高度重视，处领导同意立即成立昭管处联合经营公司。但后来因处领导班子关于经营体制问题意见不统一，这一公司时间不长便停止了运营。

后来南阳来了调令，我决定回到家乡。至此，我已在青海和新疆经受了二十余年的风风雨雨，学到了许许多多在内地学不到的东西。这个西部大学校，是中国其余任何地方都无法比拟的。在这个大舞台、大体系、大社会、大兵团中，只要是兵团需要，根据你的能力、学识，你会干多种不同工作，会变换多种角色。因此，我受到太多的锻炼，视野也更开阔。我的诗词创作也是从这个时期就开始的。对藏族同胞之情、与兵团同僚之谊，以及对当时社会现实状态的感想都反映在我一开始生涩的诗句中。这段岁月，对我是有着特殊的人生意义的。

1986 年 12 月 31 日，我进入家乡的一家国有企业从事销售工作。经受过雪域草原及兵团生活的锤炼，这对我来说算不上是困难的事情。实践证明我是合格的。"劳动模范""先进工作者""优秀销售工作者"等证书就是铁证。由于工作需要，除了极少数省外，我几乎走遍了祖国的山山水水，结识了许许多多领导、专家、学者，交了不少倾心入肺的朋友。我的诗歌创作也逐渐由独乐乐发展为众乐乐。

我守业中州，却从未忘记西部。2000 年，随着国家对西部大开发的重视，我心里突然也掀起一股热情来——我了解西部，我热爱西部，我想把余热再奉献给西部！我与各行各业的相关学者、专家、领导联系与接洽，取得合作意向，制订了三年的考察计划，计划拍摄一百集的纪录片，出版一百册的交流考察文章。但就在资金已基本落实，即将与新影厂签字开始行动时，中央电视台《远方的家》栏目开播，为了避免重复活动，我立马停了下来。

我因西部文化交流一事付出的精力太多，耽误了我的诗词水平提升。苏东坡说，"人有悲欢离合，月有阴晴圆缺，此事古难全。"但我亦知道，"进一寸有进一寸的欢喜。"我的诗词创作是从喜欢开始的。我喜欢毛泽东的诗词，对诗词的要领却一知半解，甚至到 20 世纪 90 年代后期才学了点诗词格律知识，但忙于工作也没放在日程上。在青海、新疆时，与诗词相关的资料有限，我的创作标准仅限于感觉押韵，念起来朗朗上口。随着时代进步，获取的各种资料增加，我更广泛地阅读了唐宋及当代的众多诗词作品。但自始至终，我是抱着欣赏和学习的态度的。我受他们的气壮山河所感染，因他们的众多惊世哲理而受益。以他之长，补己之短，我的诗词创作也有幸有所进步。

我于 1998 年加入南阳诗词学会，1999 年开始担任南阳诗词学会副秘书长。在丁林、郭玉琨会长的支持下，2001 年又加入中华诗词学会。2005 年起先后担任林从龙会长、李学斌会长两个时期的河南诗词学会副会长。2003 年的北京飞天笔会彻底改变了我的认知。我开始用入声字，用韵也基本按照上海古籍出版社出版的《诗韵新编》所列出的通押原则。在律诗对仗方面也尽可能工对，但不苛求工对而害意。在长诗作品中，我都采取一韵到底的原则。

这部诗集收录近 500 首作品，分为"西部风尘"和"中州秋雨"上下两卷。它们基本反映了国家大形势下本人对社会、对人生的感受、感悟、感情，真实反映了我不同阶段的经历。由于手抖，双眼昏花，整理草率，未能认真再三推敲斟酌，加上笔误、心误、眼误，错误多多，在所难免，在这里我特别致意各位诗友、读者朋友们批评指正。

周世贵

2021 年 7 月 1 日

目录

西部风尘

4

中州秋雨

西部风尘

泪洒西安

1959 年 12 月

吾生困在秦，女救外乡人。
西去开新路，东归报旧恩。
临离非梦幻，觅女自情真。
车站贤姑①好，公安②少善心。

注释：

①贤姑：车站工作人员。
②公安：车站派出所某公安人员，当时态度冷漠。

西去古城①

1959 年 12 月

云子西行赖上苍，家门待续盼文昌。
志酬干校三秋梦，情暖郓庐六尺床。
家国降灾天下苦，苏俄逼债世间凉。
衾寒且喜人心定，万众残冬度大荒。

注释：

①古城：指青海西宁市。

同乡会

1960 年 5 月

风吹岸柳絮飞扬,湟水滩边聚老乡。

学友谁无愁与乐,人生自有背和昌。

茶庵才女贤洪秀[1],淅县柔优俏翠芳[2]。

书印[3]仁兄重邂逅,同迎冷月度西羌。

注释:

[1]洪秀:鲁洪秀,河南南阳茶庵人。

[2]翠芳:千翠芳,河南南阳淅川李官桥人。

[3]书印:季书印,河南南阳陆营人。

与同学游朵庄公园[1]

1960 年 5 月

千里春风柳色新,花红树绿学生临。

侉人侉语中原汉,蛮子蛮腔广鸟音。

洪秀才高文女独,翠芳性善貌超群。

大哥当记季书印,小弟难忘张玉林[2]。

注释:

[1]朵庄公园:西宁市郊公园。

[2]张玉林:河南荥阳人,同学,好友。

鹊桥仙·少年初悟世

1960 年 5 月

冬行义马①，西城梦筑，千里人生起步。一腔热血自中州，我初享、春天甘露。

中原少雨，昆仑多雪，鸿鹄当求高鹜。少年有志可酬勤，切莫要、年华虚度。

注释：

①义马：河南义马市，是胞兄工作之地。

醉花阴·古城①踏春记

1960 年 5 月

旖旎风光西呑妙，香霭疏篁筱。翠睇满园春，阳艳风柔，芳蕾迎人笑。

婵媛牵手花荫悄，影动人缥缈。待到幕临时，月落星稀，雨断惊啼鸟。

注释：

①古城：指青海省西宁市。

古城①春梦

逆境方思变，穷生夜度寒。

冬天来雪域，春日化冰川。

砺志千般苦，求成一世恬。

征途勤是本，雨霈润西田②。

注释：

①古城：指青海省西宁市。

②西田：诗者家乡西田村。

渔家傲·走果洛风尘录（三首）

一

车抵共和①人未老，雪飘五月寒春早。日月山头红日照。唐公主②，泪流倒淌心如燎。

九仞羚羊观世小，吾侪览野哈拉哨。兴海草滩泥泞泡。牦帐少，荒原百里追狼跑。

二

车抵峡途人欲老，展眸银谷迷山道。侧耳深林飞雪豹。仙兔跳，雾凇叠影云中绕。

昌马河边香霭袅，几多走兽逍遥杳。鹿逐野驴蹄子尥。狐狸狡，麻鸡林角戏鹰鹞。

三

车抵州城人更老，天开雾霁阴霾扫。陌地接人迎客笑。君莫闹，秽容污手同生躁。

半碗肉汤香味妙，狼吞虎咽饥肠饱。一路风尘心绪好。西部鸟，笃求报国忠心表。

注释：

①共和：共和县，青海省海南藏族自治州首府。

②唐公主：远嫁西藏的文成公主。

首领工资

首领工资六五多①，寒生励志试良谟。

如今已进高原梦，以后当扬赤子歌。

走马雪山甘做仆，解民困境不骄奢。

一心报国方行远，下乡何愁虱子多。

注释：

①六五多：六十五元多。

偶遇陈山志①局长感怀

东倾相遇知君晚，话语多多不肯闲。
去岁西宁楼共住，今朝果洛路同还。
迎风跃马南山里，冒雨抓鱼北水湾。
解忆昔时同干校，缺粮岁月少心欢。

注释：
①陈山志：原玛沁县工交局局长，西宁同校学习。

鹧鸪天·与朱世奇①、叶鸿义②翻越雪山③

逶迤高峰似白龙，五千帐幕挂天中。雪封隘口天门断，万丈悬崖嘶玉骢。

时入午，洞方通，挥鞭对笑下仙宫。老君请客嫦娥舞，太白金星笑九重。

注释：
①朱世奇：雪山乡原书记，同事。
②叶鸿义：雪乡山原干部，同事。
③雪山：阿尼玛卿山，又称玛积雪山。位于玛沁县雪山乡。

果洛奴隶翻身歌（二首）

一

血泪斑斑千古恨，做牛做马做奴身。
旧朝受尽人间罪，新世为民主席①亲。

二

万里晴空云雾散，当家作主暖人心。
反封除霸人平等，众舞欢歌颂党恩。

注释：
①主席：毛泽东。

回雪山路上遇匪记

陌路单行山道窄，转弯色变少年腮。
平时崇拜英雄汉，真匪临惊小秀才。
仙兔生风防马坠，俗人沥胆醒书呆。
似听背后枪声响，马转山门下不来①。

注释：
①下不来：因年少胆小，下不来马。

与尕才郎①夜宿未名谷

纵马挥鞭着氆袍，高原牧野自逍遥。
无名谷里追红雉②，切木河中逮紫貂。
月照寒台孤犬吠，风燃野火众狼嗥。
糌粑一碗先酬肚，七九长枪守鬼妖。

注释：

①尕才郎：藏族人。

②红雉：野鸡的一种。

牧人泪

云雾山川漫，酕醄不见天。
雪封三尺厚，风透一身单。
哀马蹄扬苦，咩羊草觅难。
牧人寒季冷，破帐卧如猿①。

注释：

①卧如猿：无被，翻毛皮袍晚上盖，身似猿。

陪赵乐文①拉木龙沟行

策马扬鞭心解病，深山谷地永辞行。
风吟松醒三川绿，雨霁霞飞九岭红。
胆小偏逢人鬼界，谷荒独对野狼踪。
糌粑填肚天为帐，篝火熊熊夜照明。

注释：
①赵乐文：雪山乡原党委书记。

阿尔佳①的故事（二首）

一

天开雨霁山川静，帐外阿妈早出迎。
但见松枝炉火旺，小姑爱笑话声轻。

二

大包足有三斤重，火里锅埋热气封。
山蒜山葱山叶玛②，奇香美自野中生。

注释：
①阿尔佳：专为下乡干部做饭的牧家女主人。
②叶玛：似花椒叶的调味品。

首次同郭巴①下乡

社长同行吾胆壮，新兵受教济民方。
途林惊鸟啼声脆，入帐偎炉赞奶香。
罕见高原飞雪厚，当为百姓解凄惶。
几天收获人生用，藏族同胞暖我肠。

注释：
①郭巴：玛积雪山公社社长，藏族干部。

牦帐炉前梦（二首）

一

牛粪炉①中旺火燃，黄羊烤肉解人馋。
天穹眺远寒星笑，坎壈人生就是缘。

二

盛夏如春春日短，中秋下雪雪冬还。
艰辛岁月吾生福，筑梦千秋定可圆。

注释：
①牛粪炉：牛粪做的烧饭煮茶的炉子。

陪曼巴①寻踪拉姆②队长（三首）

一

吾知队长名拉姆，笑口常开百辫遮。
陪诊曼巴鞍马累，奶茶羔肉牧歌和。

二

寒空帐透星光灿，长夜入眠梦幻多。
县上关心巡诊病，牧民受惠暖心窝。

三

高原旭日翻红浪，旷野牛羊绕绿柯。
万里春风新世界，雪融九曲大江河③。

注释：

①曼巴：藏民称医生为曼巴。
②拉姆：女，牧业大队队长。
③江河：长江、黄河。

迎接陆久恭①检查垦荒

初知陆久恭，下乡聚东倾。
局长来为客，吾无酒半盅。
当官君位显，实践我伫伺。

13

跃马三千八②，登峰五四零③。
牛羊求发展，禁杀令须行。
浮肿因粮少，心安肚不空。
基层多狩猎，县上少知声。
学友机关苦，基层野味丰。

注释：

①陆久恭：果洛藏族自治州原农牧局局长。

②三千八：果洛藏族自治州驻地大武滩海拔 3800 米。

③五四零：海拔 5400 米。

女奴翻身多金措①

小小多金措，深山一俊娥。
从前奴隶女，今日唱新歌。
果洛春雷响，分财牧主窝。
反封天地变，除霸斗阎罗。
血债今时报，扬眉泪满河。
选她当队长，笑语化风和。
起步欢歌舞，千年去病疴。
党恩深似海，主席定金戈。

注释：

①多金措：女奴，提名当选为牧业大队长。

陪郭巴巡帐下大武^①

我与郭巴踏雪峦，山清水秀尕娃^②欢。
谁知下乡虱中卧，吾怕登山鞍马颠。
炉火煮茶牛粪旺，糌粑壮肚角麻甜。
尕娃学话当勤问，社长^③亲和对我宽。

注释：
①下大武：地名，路远山高。
②尕娃：少年，指诗者自己。
③社长：郭巴，时为公社社长，藏族干部，后调任兴海县县长。

与雷光辉^①过中秋节

九月金秋季，雷兄伴我行。
河边追水獭，林畔戏山鹰。
赶路空星暗，驱狼夜犬疯。
闻香民帐进，吴保^②主人迎。

注释：
①雷光辉：同事，转业干部。
②吴保：藏族人，翻译。

渡河历险①记

马背沉流三里远，一时寂谷半身寒。
且河石滚催人醒，松柳风摇逐浪翻。
右岸难登千仞劈，左堤牢靠百藤牵。
石缝蹄卡还吾命，山路崎岖百里颠。

注释：

①历险：骑马渡河时被水冲走二三里，抓住藤条才爬上岸。

同朱世奇、叶鸿义夜宿南宝①帐

草甸寻南宝，闻声彩饰摇。
眉开迎笑口，帐进话含娇。
执政扶新牧，清风扫旧朝。
昔时人变鬼，今日树芳标。

注释：

①南宝：当地藏族女队长。

随牧民转场①记

十月天寒牲畜困，牛羊转场马蹄沉。
山峦溷溷乌云坠，林海茫茫兽影蹲。
戈壁高原人做仆，翻身奴隶梦成真。
千年枯树花开早，岁月长歌颂党恩。

注释：
①转场：牧民按季节变化去不同的地方放牧。

百里冰河①单车行

百里冰河一线天，单车上路自行欢。
但闻山鸟幽林叫，偶见岩羊绝壁攀。
花女②飞歌鞭醉马，麻鸡斗翅雪生烟。
人生难得忧愁少，谁似吾今梦幻间。

注释：
①冰河：发源于阿尼玛卿山的一条河流，冰期达五月之久。
②花女：美丽的藏族牧羊姑娘。

与吴保①夜困原始森林

陌路欢歌穿叠嶂，忽然幕落感迷茫。
鸟飞冷月天为帐，人卧寒林地作床。
雪压毛毡三尺厚，风欺汗马一边凉。
吾侪不怯山中静，大火疯燃戏野狼。

注释：
①吴保：当地藏民，翻译。

踏莎行·陪舒曼巴①巡诊

歇马凹坪，欣临幽甸，湖边草绿山花艳。雄鹰展翅竞天飞，
麻鸡声脆松涛乱。

春暖天低，几多云幻。舒君照水香颜绽。悠然寂处恨人疏，
柔风惊醒青年汉。

注释：
①舒曼巴：舒畅医生。

与李涛①书记下乡有感（三首）

一

牛羊禁杀三年令，领导身先守四同②。

抓肉盘前沉了脸，李涛书记不容情。

二

干群心里明如镜，摔死时成借口风。

半碗糌粑茶水饱，是非自有后人评。

三

夕阳落幕山林静，书记难眠肚子空。

豌豆一缸炉火煮，三更半夜吃宵羹。

注释：

①李涛：时任玛沁县委副书记，后调任青海省计经委主任。

②四同：干部与百姓同吃、同住、同劳动、有事同商量。

六月雪

玛积高峰大雪恣，冷封六月几人知。

长途觅帐寒风号，险道挥鞭烈马嘶。

情系灾民晨醒早，心装急报夜眠迟。

今朝正值人年少，为党分忧励志时。

驻队根据地①

三山翠麓犹如画，一道清溪绕百家。
羌马扬蹄飞草甸，秃鹰展翅逐云霞。
屡闻黑犬林边吠，突见黄狸岭上爬。
鸟语花香春醉日，临行不舍老阿妈。

注释：
①根据地：社会不安，干部须住绝对可靠的藏民牧帐。

阮郎归·陪郭巴①下乡下莫巴②

草原驰马走山川，经年不怕寒。点灯抓虱月西偏。帐空可
见天。

行政令，自为先，几多榜样难。四同守纪不贪婪。但求社会安。

注释：
①郭巴：玛积雪山公社社长，藏族人。
②下莫巴：玛积雪山下莫巴大队。

破阵子·与孙书琦①、尕才郎②下乡

大地春回渐暖，高原草绿花明。驰道巉岩人绝处，幽谷云烟起彩屏。千鸡迎客鸣。

跃嶂横枪立马，挥鞭直指冰峰。一曲高歌惊百兽，头接蓝天三柱擎。眉开笑大鹏。

注释：
①孙书琦：时任东倾沟书记。
②尕才郎：藏族人，翻译。

与吴保①驻队记

天上风云乱，穿鹰舞凤鸾。
远眸山野翠，近逮水边獾。
牛乐青溪斗，羊贪绿草眠。
放歌花女醉，竞马少年欢。

注释：
①吴保：藏族人，翻译。

与苏晓^①、臧文胜^②蹲点记

三人同住西山谷，世外桃源胜大都。
放马疏林羌兔逮，扬枪草甸雪鸡逐。
高原大美能修性，野味奇香可入书。
世上谁知留雅句，清晨梦醒翠岚浮。

注释：
①苏晓：青海人，玛沁县公安局工作。
②臧文胜：山东人，玛沁县公安局工作。

夜半枪声

三更半夜星空静，北谷忽然起鬼风。
月下云飞家犬吠，山边影动野鸡鸣。
沟来土匪临牦帐，人躲牛群落水中。
登岸丛林身隐处，几声枪响到天明。

钗头凤·陪曼巴舒畅①巡诊

行苍麓，松涛乱，骨酥身软寒星倦。秋霜重，清风冷。狼嗥天路，胆来心横。命！命！命！

幽林暗，青鹰唤，人怀情愫花容绽。三更醒，惊魂定。旅途孤客，帐中留影。梦！梦！梦！

注释：

①曼巴舒畅：舒畅医生。

惊马卡镫段长①救

乡曲乐惜惜，扬鞭正入神。

车鸣惊烈马，草地乱吾魂。

愁望西阳落，欣逢段长临。

痛伤疗七日，兄嫂大恩深。

注释：

①段长：果洛藏族自治州养路段侯段长，河南偃师人，恩人。

学王生福①尕马歌

寒流透骨北风狂，残月西沉入梦乡。
禁杀牛羊民致富，恋歌生福凤求凰。
晨钟可解风尘趣，暮鼓当临寺院凉。
一曲花儿飞尕马，阿佳住处早闻香。

注释：

①王生福：回族人，时任牧业大队书记。

黄河源头探梁兄①

1996年7月

车行果洛云涛涌，岁月蹉跎弟想兄。
艰苦时期音不断，玛多草地县留踪。
昔时话别离人泪，今日回来聚笑容。
《云子长歌》诗入卷，黄河古渡记人生。

注释：

①梁兄：梁麦须，同事，挚友，后任果洛藏族自治州邮电局副局长。

大武会见邱安修①

1996 年 7 月

古城同学校，玛沁共寒凉。
犹记人柔秀，缘何性毅刚。
少年多梦幻，壮岁少飞翔。
回忆言难尽，邀君湇水乡。

注释：
①邱安修：干校同学，后调任果洛藏族自治州奶粉厂厂长。

拜会李涛老书记（二首）

1996 年 7 月

一

千里春风柳色新，古城拜会昔时人。
李涛还是当年样，英气依然笑语亲。

二

谈起人生罗扎①富，牛羊车马万千金。
我邀李老中州顾，湇水扬波玉液②醇。

注释：
①罗扎：藏族人，翻译，后回下大武乡发展畜牧业。
②玉液：南阳名酒卧龙玉液。

携妻游日月山①

1998 年 8 月

晴空万里天如扫，日月山停踏野蒿。
草绿花香游客醉，南腔北调弄风骚。
哈拉②众立亲红雉，猞猁扬威戏紫貂。
岁月如歌怀旧念，几多拙句话今朝。

注释：
①日月山：从西宁通往西藏的重要之地。
②哈拉：山地中以洞为巢的一种旱獭。

携妻倒淌河①怀古

1998 年 8 月

感叹文成②泪，时成倒淌河。
长途风雨苦，入藏化兵戈。
百世皆天意，一生可奈何。
堂堂皇帝女，照样奏悲歌。

注释：
①倒淌河：传说文成公主泪流成河。水往西流入海湖。
②文成：唐朝之文成公主。

携妻游青海湖

1998 年 8 月

偶见湖图特像龟，远山雪白海生晖。
祁连①泽蓄农家富，共和②滩栖牧草肥。
登岛无风三尺浪，下舟有帐一炉偎。
青稞美酒传天下，羔肉奇香醉野炊。

注释：
①祁连：祁连山，南麓水资源丰富。
②共和：共和县，青海省海南藏族自治州首府。

水调歌头·携妻西宁街头漫步

1998 年 8 月

昔日走青海，冬月几多寒。今朝母校①寻梦，屈指叹华年。
堪忆心高独处，恰遇春凉秋冷，侘傺雾云间。眺目尽天阔，鹄
志不能圆。

游故地，论旧事，夜难眠。新城陌径，群厦林立换新颜。
吾欲重行草地，再现当年风采，跨马倚枪还。高唱二郎曲，飞
跃玛卿山②。

注释：
①母校：原青海省文化干部学校。
②玛卿山：果洛藏族自治州阿尼玛卿山。

从上海飞西宁

1999 年 9 月

登机上海西宁落，情溢华楼话语和。
笔会龙潭①言往事，云游青海续新莎。
佳肴道道人称赞，琼浆杯杯脸醉酡。
幸聚古城诗一首，邀君逐浪湟河波。

注释：
①笔会龙潭：南阳作家群聚于西峡县龙潭沟笔会。

游湖之感言

1999 年 9 月

西行七月鹰高骞，几叹人生自解缚。
雨洗青山山欲醒，风吹碧草草如酥。
他呼吠犬追云鹳，我驾飞舟逐野凫。
难得清闲千里外，湖边对酒卧香蒲。

与杨武洪①、张铮②参观马公馆③（二首）

2000 年 7 月

一

古城处处花如锦，湟水扬波柳色新。
信步河堤呼白鹭，一时兴踏马家门。

二

重温历史今还恨，老匪④凶残早有闻。
人去房空公馆在，一朝天子一朝臣。

注释：

①杨武洪：同事，挚友。

②张铮：同事，好友。

③马公馆：中华民国时期西北地区军阀马步芳的公馆，现
为青海省民俗博物馆。

④老匪：指马步芳。

与杨武洪、张铮贵德①停

2000 年 7 月

天下黄河贵德清，历来富庶赖农耕。
脆甜爽口梨苹果②，淳朴勤劳汉藏朋。
水利兴田民肚饱，草山放牧马蹄轻。
时停太短何思走，一首诌诗百步成。

注释：

①贵德：青海省贵德县，县西水清，县东水浑。

②梨苹果：苹果树与梨树嫁接后的产物。

与杨武洪、张铮果洛行

2000 年 7 月

车飞千户云烟断，乱石歌扬三角滩。

过马营中穿鬼谷，黄沙头下卧神仙。

风吟岔口黄羊界，雾散阡坳绿水间。

且喜如今新路近，南行果洛半天还。

与杨武洪、张铮东倾沟行

2000 年 7 月

七月山花遍地开，玉溪岸上笑徘徊。

迎风老树摇云起，迈步尕桥①入梦来。

昔马扬蹄飞雪地，今车上道达云台。

青春岁月无回日，小芽今成百丈材。

注释：

①尕桥：小桥。

与杨武洪、张铮下莫巴行

2000 年 7 月

玉水撒欢如梦幻，雪峰冷寞躲云屏。
艰难岁月愁天暗，坎坷人生喜夜明。
挥剑扬眉空对月，持枪饮露自临风。
蓦然醒梦华年处，积石山中踱玉骢。

青海之歌

——为建党 100 周年而作

2021 年 7 月 1 日

堂兄①言技校，义马大哥②商。传信宜西北，晨时喜若狂。
站台兄弟别，陌路独彷徨。可恨西安站，贼偷短命郎。
旁人多冷语，睨目少慈肠。幸有贤姑③救，无言泪淌汪。
同车邻座友，干校取新章。湖广南蛮话，中原北侉腔。
新生春典礼，部长④费思量。领导先宣布，关心月供粮。
红军林校长⑤，断臂袖中藏。办校之宗旨，为成国栋梁。
新生多政治，文化老干堂⑥。学校全封闭，凭徽不可忘。
春初晨起早，西岭大开荒。土豆同时种，秋收仍旧忙。
各州需干部，省委济时方。闻局⑦亲来校，三天到藏乡⑧。
八名分玛沁⑨，命令不商量。我进深山里，迎风斗马缰。
郭巴⑩先带我，凡事自争强。骑马犹基本，鞍颠必臀伤。

糌粑先学拌，酸奶味犹香。藏语须勤学，无人独自扛。
老朱①书记带，老叶②护身旁。欲转羊肠道，须登隘口梁。
谁知登顶处，天挂雪成墙。拼命三人挖，眉凝手脚僵。
洞开拉马下，所幸眼没盲。开会宣形势，民人帐守惶。
老孙③书记聚，受益亦非常。我喜他人絮，关心问暖凉。
县来工作队，苦牧党劢勤。诊病医生治，吾陪下乡房。
六人同帐住，夜下月光光。向导由吾做，安全第一桩。
何知三点整，山口狗汪汪。速往牛群撤，河边下水蹚。
水深多半米，浸骨不知凉。对岸山丛立，平安放两枪。
晨来红日出，主事我担当。散匪因枪倒，经查内有狼。
此情思当项⑭，散匪太凶狂。夜下牦绳割，三名干部亡。
吾曾单骑走，突辨匪人枪。所幸多弯道，冲其冷不防。
伏鞍停寺院，极度受惊慌。门口何知下，人成破胆郎。
一年人胆大，环境习成常。走马风云路，皮鞭独自扬。
且河秋水涨，背水马头昂。我坐皮鞍上，腰沉急水泱。
下流冲半里，大石救吾亡。孤胆深山里，时时防野狼。
林深原始谷，大树几人量。迷向何方走，同行记不详。
捡柴先点火，天黑驱群狼。烧水糌粑吃，摊开被褥装。
枪支怀里抱，入睡大天光。篝火狂燃夜，群狼一宿凉。
枣红山里马，过路我遭殃。汽笛惊山野，鞍翻体尽伤。
人深罹草地，马转护身旁。养路人寻到，全由段长⑮帮。
天生贤嫂子，七日热心肠。可叹吾离早，终生未报偿。
雪山乡干部，食肉算经常。县上人多羡，只因总少粮。
李涛⑯来下乡，不许宰牛羊。马料空肠进，三更解饿慌。
基层来是福，野味更欣獐。我后行青海，由因论短长。
沉吟书记笑，吃点又何妨。县下三年禁，当然领导扛。
夏天回果洛，故地共飞翔。拜访茹书记⑰，安排亦有方。

先前修小道，应是木桥桩。公路山难进，全由马背囊。
如今通汽路，过水有桥梁。乡长⑬前车引，全依祁部⑲帮。
两车行短近，上下共相商。仁永⑳身边护，青枝㉑备氧箱。
雪山乡政府，午宴尽情长。故旧人难见，何时再跃缰。
仙山飞彩片，哈达献吉祥。峰下同留影，山花遍野香。
辞行吾设宴，欲谢众情长。首位巴公㉒坐，身临祁部旁。
高原宜烈酒，雪域品琼浆。仁永人多敬，拳飞宛友㉓忙。
邀君来宛会，赊酒卧龙尝。代谢茹书记，容思项目祥。
边行心有数，无奈付汪洋。老矣留诗句，长歌慨而慷。

注释：

①堂兄：四哥，在太原军工厂工作，曾希望诗者去太原上技校。

②大哥：胞兄，在义马工作。

③贤姑：车站女工作人员。

④部长：青海省委组织部部长。

⑤林校长：青海省干校校长。

⑥老干堂：带职学习的老干部课堂。

⑦闻局：果洛藏族自治州文卫局局长。

⑧藏乡：果洛藏族自治州是藏族自治之乡。

⑨玛沁：玛沁县。

⑩郭巴：藏族人，玛积雪山公社社长。

⑪老朱：朱世奇，玛积雪山公社党委书记，领导，同事。

⑫老叶：叶鸿义，军转干部，同事。

⑬老孙：孙书琦，党委书记，领导，同事。

⑭当项：玛沁县当项乡人民政府。

⑮段长：果洛藏族自治州养路段侯段长。

⑯李涛：时任玛沁县委副书记，后任青海省计经委主任。

⑰茹书记：时任玛沁县委书记。

⑱乡长：玛积雪山乡长。

⑲祁部：玛沁县委宣传部部长。

⑳仁永：汤仁永，老友梁麦须的女婿，果洛藏族自治州城建局局长。

㉑青枝：梁麦须之女，汤仁永之妻，果洛藏族自治州医院工作。

㉒巴公：藏族人，玛沁县委副书记。

㉓宛友：随行南阳友人杨武洪、张铮。

始走边城①

1964 年 3 月

一路风尘多少景，三台直下到边城。
雨浸戈壁沙洲绿，云翳苍天海子②青。
愁锁铁笼行万里，欣眸白鹭越千峰。
笛声入耳心陶醉，似见林公③笑客迎。

注释：

①边城：新疆伊宁市。

②海子：赛里木湖。

③林公：林则徐。

初过果子沟

1964 年 3 月

隘口高眸果子沟，铁关险峻锁咽喉。

凌空瀑落千山碧，伏麓车飞万古幽。

怪柳交柯香草醉，云杉疏透野花羞。

仙桥叠影登高处，南望乌孙①惠远②州。

注释：

①乌孙：伊犁历史上属乌孙国。

②惠远：新疆伊犁惠远古城。

雅马渡①

1964 年 3 月

古渡常思飞雅马，至今铁索半空划。

绿堤岸上风摇柳，翠岛丛中雨乱鸦。

鱼跃舟头翻白浪，童嬉竹下弄红霞。

展眸远眺云鹰舞，侧耳欣听塞上笳。

注释：

①雅马渡：巩留县、特克斯县、昭苏县通往伊犁的必经渡口。

兵团第一天

1964 年 4 月

西山千窟洞，暮落万家灯。
窗下长流水，临街入画屏。
兵团昭管处①，军垦建红城②。
雪化春风爽，边陲扎大营。

注释：
①昭管处：特克斯县、昭苏县各团管理领导机构。
②红城：红旗城。

初识昭管处（二首）

1964 年 4 月

一

荒原万古红城建，泉水扬波引上山。
营舍成街林荫里，居多百姓地窝眠。

二

春风化雨天如扫，百里花香处女田。
军垦戍边何谓苦，美名留得后人传。

万里赴边疆

1964 年 4 月

新疆常仰慕，万里走边关。
学友①行情透，表兄②引路通。
丰粮能肚饱，冷月不身寒。
乐住天山下，保边战一员。

注释：
①学友：马世银，同学，好友。
②表兄：王福林，表哥。

威虎山①远眺

1964 年 7 月

雄鹰展翅苍穹远，千里春风万顷田。
油菜秆粗人可坐，乌孙女靓梦犹圆。
南山雪白银龙卧，北甸花红宝马②眠。
威虎山前西去路，格登碑③下守边关。

注释：
①威虎山：昭管处西山岭。
②宝马：昭管处畜牧营的苏联顿河马。

③格登碑：清政府所立平定准噶尔功绩的纪念碑。

边陲新梦

1964 年 7 月

时为春夏季，满目菜花黄。
夜雨浮青月，晨风醒紫阳。
做人诚是本，习鹭逐穹苍。
西域南都①远，兵团再起航。

注释：

①南都：南阳，汉光武帝刘秀家乡，史称南都。

夏月如春秋

1964 年 8 月

人临夏月心身爽，百里青云鸾凤翔。
凉气宜人无酷暑，奇花异草醉芬芳。
饱牛示壮清溪斗，玉女飞歌牧野扬。
云子西来如冷鹜①，无须跃马尽徜徉。

注释：

①鹜：野鸭子。

初识吴侠①、陈中堂②二贤兄

1964 年 8 月

一声兄弟街头问，万里边城识二君。
吴侠谦和商地语，中堂爽气鲁西音。
虽然识短初交浅，但会情长永世深。
陋舍寒栖求知客，品高智胜卧龙人③。

注释：
①吴侠：河南商丘人，挚友，后任高级工程师。
②陈中堂：山东菏泽人，挚友，后任城建局局长。
③卧龙人：诗者。

人生寻得无蚊地（二首）

1964 年 9 月

一

初年首住无蚊地，不是高原亦不低。
七八虽然临暑月，二三化雪续寒期。

二

草原军垦来全国，少见人穿短袖衣。
吾道中州新入客，心仪此处胜京畿。

十月一日国庆初雪（二首）

1964 年 10 月 1 日

一

十一寒流飞雪袭，行人野外着棉衣。

北风骤起云天暗，夜下纷纷落九圻。

二

北国河封千百里，雪淞树挂鸟飞低。

冰天偏是房中暖，身立边关是福祺。

南乡①买蛋

1965 年 3 月

茫茫雪海蜿蜒路，老马长嘶累不前。

买蛋农村寒日落，寻门庄户暖房眠。

进家敬送伊犁酒②，入座恭奉莫合烟。

对饮三杯人不醉，一盘羊肉解人馋。

注释：

①南乡：天山南麓哈萨克族农村。

②伊犁酒：新疆生产建设兵团第四师 10 团酒厂生产的伊犁老窖，号称"塞外茅台"。

晨风解梦

1965 年 4 月

清晨梦醒时思远，落户①兵团一念间。
去岁腊寒成雪海，今年春暖化冰天。
一河凫奏迎春曲，十里鹰鸣舞凤鸾。
军垦稳疆行大路，令听主席固边关。

注释：
①落户：青海省户口落户昭管处。

灯塔牧场寻哈友①

1965 年 5 月

千峰雪化荒原变，百里春风草露尖。
冷月冰封牛马疲，暖春阳洒牧歌欢。
帐前迎客吾先坐，帐内馕茶布后摊。
好酒杯频吾礼送，手抓羊肉味真鲜。

注释：
①哈友：哈萨克族的朋友。

夜观麦收

1966年9月

麦田昼夜机声闹，遍野灯辉九月潮。
欣眺祥云苍穹散，愁观玉兔月中锚。
一年一季精心种，三夏三秋苦汗浇。
又见丰收全处乐，场中粮垛与天高。

特克斯河①之春

1967年4月

碧水东来昼夜欢，河床九曲不知年。
急流浪滚千凫舞，柔柳莺啼百鹭旋。
羌草临风茵沃土，菜花戏雨润良田。
乌孙西域春光美，心醉天山起紫岚。

注释：
①特克斯河：伊犁河的支流之一。

百花溪^①之春

1967 年 4 月

四月初晴天熠熠，春风已度百花溪。
山头投石惊梅鹿，水畔吟哦踏草泥。
牧女煽情蝴蝶舞，汉姑巧舌柳莺啼。
书香养性寒肠热，致远人生志不移。

注释：

①百花溪：新疆昭苏草原小溪。

醉花阴·阿合牙孜牧场^①行

1967 年 7 月

雨霁风清天远透，极目山川秀。云起彩霞飞，异草奇花，
只把羊儿诱。

一年不见情如旧，美味羔羊肉。暮落夜莺啼，月下开怀，
意尽壶中酒。

注释：

①阿合牙孜牧场：天山脚下牧场。

军马场①行

1967 年 7 月

云开雨霁山河秀，穹鹭声鸣醒九畴。
绿草吟风天马②壮，红花吐火牧姑柔。
溪边暮落炊烟起，林角鞭扬骨笛收。
偏是荒原人寂处，哈民美满少忧愁。

注释：
①军马场：新疆军区马场。
②天马：汗血宝马。

中秋吟

1967 年 10 月

皓月中秋照，琴声伴玉箫。
人生风雨路，边域度疏寥。
月自东方起，人犹北国熬。
思亲心欲碎，入梦泪如潮。

元旦

1968 年 1 月

突然一夜白毛风①，万树枯枝挂雾凇。
晨起天空云蔽日，暮临水面雪封冰。
街中散步老人惬，坡上冲犁孩子疯。
战士边关坑道里，忍寒守土骨铮铮。

注释：
①白毛风：强劲的满天白雾大风。

春满昭苏①

1968 年 4 月

鸟语花香春送媚，几多策马白云追。
哈桑河北山葱瘦，茅子村东野韭肥。
沼泽草滩寻旧灶，破庐点火做新炊。
人生多少风尘路，笑对天山莫自卑。

注释：
①昭苏：新疆伊犁昭苏垦区。

醉蓬莱·大休日①游春

1968年5月

远眸多广袤，雨后晴岚，日柔风细。百里银龙，卧天山峰脊。碧水东流，木桥横岸，绿岛天鹅憩。乱柳啼莺，清波荡漾，野凫嬉戏。

翠陌滩湄，野炊河畔，品食林丛，侣人亲昵。人敬三杯，酒暖心增谊。莫羡荣华，鹄志边远，进步须修习。火热年华，人生何怠，善门云翳。

注释：

①大休日：兵团制定十天制休息日，三个月后，恢复七日制。

与刘斌①六十六团填饥

1968年7月

步行卅里浑身困，旷野茫茫不见村。
紫日燃风头上照，黑云洒雨道中淋。
田边折秆填饥肚，树下思梅润裂唇。
幸遇田翁邀屋进，一汤两菜大娘亲。

注释：

①刘斌：同事，好友，时任昭管处医院秘书。

夜寝乌孙山①

1968 年 7 月

足踏荆榛边界近，头挑峻岭脚登云。
溪前枪响金鸡逮，山后听闻野兔擒。
谷瘆林深天作帐，星昏月暗草为衾。
山珍美味熊熊火，笑语欢歌乐煞人。

注释：
①乌孙山：天山余脉。

察布查尔①行

1968 年 8 月

八月金秋行锡伯，青溪浪逐柳婆娑。
几园黄杏甜如蜜，一地南瓜大似锅。
西汉官兵开域广②，大清子弟垦人多。
今朝谁晓图公③故，始在边陲筑凤窝。

注释：
①察布查尔：察布查尔锡伯自治县。
②西汉官兵开域广：西汉时汉武帝派张骞出使西域。
③图公：指清朝八旗锡伯营总管图伯特。

梦中界山^①行

1968 年 9 月

独立岩头望碧峰，云消雾散百花明。

狼嗥翠甸惊天马，鹰舞苍穹戏老熊。

险壁悬崖通战道，密松窄舍守天兵。

军人报国何知苦，固我边关世界宁。

注释：

①界山：原为中苏边界，苏联解体后为中哈边界。

赴天山三线^①运输队

1969 年 2 月

河边策马问根由，我自烦心水自流。

欲走讥嗤肖院长^②，偏回戏怒马乡头^③。

毅然跃马深山进，决意迎风险道修。

杜处^④殊情高境界，天山白岱乱飞鸥。

注释：

①三线：新疆生产建设兵团系统建的"第三条前线地区"。

②肖院长：肖宏文，时任昭管处医院院长。

③马乡头：马振华，时任昭管处医院副院长，同乡。

④杜处：杜华民处长，当时兼任新疆生产建设兵团昭管处战时昭苏、特克斯二县边防司令。

大白岱①牧歌

1969 年 5 月

登高眺远山河美，冬去春来草又肥。
碧水风柔翻细浪，翠川花艳散香薇。
少年飞马山梁走，花女扬鞭谷里追。
骨笛声声天落幕，残阳如血牧羊归。

注释：

①大白岱：天山山口。

随天山口食宿站①同志上山打柴

1969 年 5 月

人马同行欲上山，打柴按序揖平安。
冰沟滑木人前险，老马扬蹄尾后蹿。
突跌陡坳匍石坎，急抓马耳坐头尖。
人生在世知何死，自是惊魂上了天。

注释：

①食宿站：天山备战食宿站。

天山梦①

1969 年 9 月

走马天山人怯胆，青山绿水众峰间。
云闲谷寂鹰迎舞，草茂林深虎坐禅。
先辈初行寻古道，后人续探度今缘。
夜来美品羊羔肉，哈帐如泥对酒眠。

注释：
①天山梦：天山深腹一块较大平滩。

三线岁月

1969 年 9 月

天山多峻峭，碧谷乱松涛。
夏雨自欢喜，秋风空寂寥。
放歌鹰鹊唤，纵马虎狼邀。
戏水一壶酒，人生多气豪。

雪梅香·天山麓秋

1969 年 9 月

碧川静，天山北麓^①倦眸收。望南峰林雪，穹空几鹭声遒。枯草寒烟了春夏，败杨残柳入冬秋。渡三水，破嶂行丘，心动荒陬。

村妞，任风乱，独立溪边，质丽身柔。彩日西斜，照她俏脸娇羞。羌笛痴鸣虎惊梦，一时人醉马追鸥。清幽处，璞玉求真，星点闲愁。

注释：

①天山北麓：指天山北部的喀拉苏镇。

夜中与袁裕民^①聊天

1969 年 11 月

五湖四海聚边疆，志满心平守大纲。

泡菜一盘情切切，咸虾半碗味香香。

聊天九点星光浅，对酒三杯月夜长。

每感当前医院事，与君论道也荒唐。

注释：

①袁裕民：挚友，时任昭管处医院科主任，后任院长。

夜宿第二食宿站

1969 年 12 月

西边幕落苍山暗，河水冰封透骨寒。
野味香心愁也乐，浓茶爽口苦而甜。
雪风阵阵哀狼叫，炉火熊熊醉客眠。
梦里邀人深谷进，有谁不怕雁行单。

与李汉章①夜宿四小队队长②家

1969 年 12 月

朔风凛冽白毛生，疲马蹄沉雪不停。
夜下寒途无路走，村中暖舍有人迎。
山民队长人情厚，好友来家饮食丰。
老酒一壶干肉美，炉偎醉客到天明。

注释：

①李汉章：三线运输队队长。
②队长：马队队长，好友。

与吴老头①下棋

1970 年 4 月

夜下吴家常博弈，几多进退守疆圻。
兵横士角翻山炮，相顶车冲蹩马蹄。
广武鸿沟②同立界，刘邦项羽各东西。
今人议古今时乐，一口香椿九步棋。

注释：
①吴老头：吴春景，时任昭管处医院外科主任。
②广武鸿沟：河南省荥阳市广武镇鸿沟。

与刘斌①夜话

1970 年 5 月

好友刘斌无忌惮，吾侪独处尽绯言。
心生烦绪当纾解，足踩悬崖莫乱攀。
论道人生须虑透，博棋进退必精研。
时光荏苒春秋梦，隐忍虚怀是大贤。

注释：
①刘斌：时任昭管处医院秘书，挚友。

观看演出评师建绿洲剧院①

1970 年 7 月

解放大街人影乱，白杨列阵耸云端。
路旁滚滚清流水，商贩声声翠荫间。
上海图型真大气，绿洲剧院势空前。
四师战士伊犁守，廿万民兵做保安②。

注释：
①绿洲剧院：新疆生产建设兵团第四师伊宁市绿洲影剧院。
②保安：指新疆生产建设兵团第四师武装值班连队。

与李汉章①大白岱牧野辞友

1970 年 9 月

雪融北麓山川翠，遍地牛羊牧草肥。
急水浪翻河石滚，哈姑岸立野凫睽。
房前犬吠人迎客，夜下星流月照扉。
今进民家无厚礼，杯杯老酒对河湄。

注释：
①李汉章：三线运输队队长，同事，好友。

老红军李华山①初识记

1970 年 9 月

程公②家识参谋长，性直心宽话不藏。
万里长征风雪苦，八年抗日气高昂。
三年解放驰南北，一令援朝战虎狼。
不问升迁私念少，只知意尽酒飞觞。

注释：

①李华山：老红军，时任昭管处司令部参谋长。
②程公：程荣山，好友，处机关干部。

大桥总指换将

1971 年 9 月

为赶竣期王总换，华山①一到虎生寒。
情生似火无官架，命令如山好粗言。
常遇问题寻捷径，每逢例会解难关。
晚餐若进三杯酒，工地兴巡夜不眠。

注释：

①华山：李华山。

坐观双曲拱^①架

1971 年 9 月

墩体高高木架横，开锯抡斧总忘情。
工程百计生奇法，人马三班碌险桁。
首长带头关爱表，饭餐可口信心增。
潘工昼夜身心苦，双曲虹飞美造形。

注释：
①双曲拱：桥墩浇筑后，桥面下双曲拱支撑体。

蝶恋花·观工地女排^①草坪操兵

1971 年 9 月

工地女排晨起早。集合青坪，报数人齐到。身着绿装分外好，红阳喷薄操兵照。

飒飒英姿多窈窕。哨哨声声，汗沁花容貌。李珍樊军^②前领跑，桥头我立开心笑。

注释：
①女排：参加大桥工程建设的三个女兵排。
②李珍樊军：指李玉珍、樊莉军，二人分别担任 75 团女兵排正副排长。

56

与老红军李华山哈家做客

1971 年 9 月

久有民邀意，皆因百事忙。

抽空今日去，做客赴垵房。

女主迎宾笑，男人更热肠。

华山当首坐，云子①伴身旁。

污手铜盆洗，清茶润口腔。

酥油人怯腻，羊肉手抓香。

痛饮伊犁酒，欣尝自烤馕。

连怀嫌量小，半碗笑情长。

花季含羞女，青春育壮郎。

哈家盈喜目，汉客醉飞觞。

篝火连天旺，任凭半夜狂。

亲民非小事，老将慨而慷。

注释：

①云子：诗者自己小名。

总指挥酒兴巡查大合龙

1971 年 9 月

工地星高月色朦，千人会战夜灯明。
木桥破朽栏杆断，李总身摇脚踏空。
我本随行人急救，他非要去脑还清。
谁知革命红军辈，合龙关头发酒疯①。

注释：

①酒疯：李华山好酒。

病榻吟

1972 年 5 月

大桥劳累降灾星，肚痛肠翻夜五更。
妻请丁医①家诊断，及时手术命重生。
引流时久人消瘦，面悴容丑小女惊。
肖院②床前多问候，老涂③厚谊总关情。

注释：

①丁医：丁正邦，时任昭管处医院外科副主任，好友。
②肖院：肖宏文院长，军委下派现役干部。
③老涂：涂中清，好友，当时昭管处医院分管政治的领导。

六月大雪

1972 年 6 月

六月回家坐院中，神清气爽性灵空。
一春云暖天增色，半夜风寒雪挂松。
草地踏歌妞喜笑，雪球对战幼童争。
低头突想收成事，顿怨皇天降晦星。

与穆德友、张荣芝①天山北麓踏青

1972 年 6 月

天山六月风光美，遍地花香绿草肥。
闲客登山心意惬，花姑跃马牧歌飞。
山鹰翅展穹空舞，翠岭松摇品野炊。
友厚芝谐人可贵，几多笑语日生辉。

注释：
①穆德友、张荣芝：夫妻，诗者挚友。

伊犁^①秋月

1972 年 8 月

民安国富中华梦，女嫁乌孙始有名。

西汉兴邦开域远，大唐固土守疆宁。

林公^②植树千秋誉，军垦戍边万世功。

桃杏枝弯苹果好，伊犁雨水古来丰。

注释：

①伊犁：新疆伊犁。

②林公：林则徐。

离亭燕·同李玉珍^①联系薰衣草种子

1972 年 8 月

一路汗流挥洒，阡陌径行多岔。欲觅种田香草地，尽把荒
塍横踏。廿里走单车，几丈湍溪飞下。

泥水弄人邋遢。排长女容英发。一碗剩汤三口进，饿燕吁
嗟声哑。绿岸影婆娑，碧野晚霞如画。

注释：

①李玉珍：75 团值班连队女排长。

踏青拍机①留镜头

1973 年 6 月

雨霁天晴空帚扫，田塍弄影踏青潮。

女寻花草闻香蒲，男聚沟沿卧野蒿。

旭日煌煌春意满，清风细细夏逍遥。

突然头上机声响，镜下人前落彩雕②。

注释：

①拍机：军用拍摄直升飞机。

②彩雕：迷彩花纹飞机如花雕。

老首长欣饮闯王酒

1973 年 9 月

赊店闯王①开一瓶，几根红薯小笼蒸。

桥烟②味美南都产，陋舍心诚首长迎。

入座三杯人气爽，送家一路赞无停。

指挥部里同房住，友谊长存伴一生。

注释：

①赊店闯王：南阳赊店酒厂所产酒。

②桥烟：南阳卷烟厂生产的白河桥香烟。

兵团十年回顾

1974 年 4 月

十年成一梦，苦乐度苍生。
社会熔炉炼，兵团大学攻。
心平轻巧取，敬业重躬耕。
不喜风头露，只求众说中。

美丽的春天

1974 年 4 月

冬麦雪盖三层被，四月开春暖日回。
寂夜雷鸣清雨落，良晨燕舞惠风吹。
麦苗起浪田园醒，牧野闻香嫩草肥。
千古草原军垦业，边关铁固建丰碑。

北营①观种马

1974 年 5 月

北营观种马，绿野好心情。
山上牛羊壮，林边马鹿疯。
临春春草嫩，入夏夏花明。
借得空闲日，新交喂马兵。

①北营：天山支脉乌孙山的畜牧营。

首住秀山庐

1974年6月

一道泉溪独院环，乌孙麓下卧龙潜。
不甘寂寞空修性，耐得寒冬自立端。
东日霞升鸡起舞，西阳幕落燕栖檐。
人生友厚三兄弟①，世外桃源酒伴眠。

注释：
①三兄弟：诗者、贾秀山、吴明雷，挚友。

吉林陨石雨

1976年3月8日

石雨天空落，雷开一洞豁。
阴风平地起，闪电鬼声和。
十里鸡飞院，千家犬吠窝。
周公今岁去，玉帝黜阎罗。

随处工作组巡视团场春耕

1976 年 4 月

晴空万里雨初收，处部春忙把我抽。
国界边河听故事，格登碑下议新谋。
灰尘入肺农工苦，机器迎风马力遒。
四海五湖军垦汉，对歌旷野美姑羞。

美妇垂钩

1976 年 5 月

絮杨五月宜垂钓，美妇缘何也弄潮。
目展穿空云鹭去，杆浮碧水浪花消。
放歌草甸辞寒月，逐兔山坳卧暖蒿。
昔日人生多少事，酒香入腑醉愁寥。

兵团是熔炉

1976 年 6 月

兵团独特是熔炉，杂念狂思亦早除。
喜见晴空青鹭舞，惯听冷月白风呼。
晨来去厂行千步，暮落回家累一厨。
淡定人生贪欲少，无章杂乱读闲书。

古城^①漫步

1976 年 8 月

古城秋季多清爽，杨树摇风道两旁。
一水千渠图绘苦，十街百巷果飘香。
红桃黄杏清幽院，苹果葡萄脆海棠。
屡见门前花女笑，儿多柳下醉巴郎^②。

注释：
①古城：新疆伊宁市。
②巴郎：小伙子，维语称谓。

天山深处有桃源

1976 年 10 月

李处①曾率队骑马往返七日，历尽艰险，翻越冰大坂，下到纵深之处。地较平坦，草茂根深，林密溪清，山花盛开，气候温和宜人，植物繁多，适于人居。可容纳兵团一个师，若开发本人积极参与。有感于此，赋诗以记之。

长时眷念仙山远，隘口冰封炎夏寒。
策马垦兵行绝路，攀岩铁汉卧天山。
红花吐火狼鹰斗，绿树摇风虎豹蹿。
急盼国丰通洞日，我邀众友醉桃源。

注释：
①李处：李庚友，时任昭管处处长。

读诗的感悟

1976 年 10 月

古诗夜读情难禁，白话①成篇意也深。
陋舍愁吟唐宋句，残筵乐道汉乌姻②。
昔年志在边关地，今岁情移翰墨林。
一路风尘飞汗马，吾当自信不消沉。

①白话：白居易的诗通俗易懂。
②汉乌姻：西汉与乌孙联姻。

偶读花木兰①文言史料（二首）

1977 年元月

一

木兰杀敌声威震，夜读文言古有真。
不是书中详尽记，何知烈女死成因。

二

风云叱咤边关地，切盼还乡十二春。
娘嫁父亡悲泪落，墓碑命断②报君恩。

注释：
①花木兰：替父从军的女英雄。
②命断：花木兰不愿从命做妃，撞父墓碑而亡。

读《西厢记》

1977 年元月

西厢禅院风霜冷，戏与原情不尽同。
普济①寺中情似火，郑家②府内话如冰。
张生始乱甜言去，崔女终离苦味增。
吾道昔时无德子，自然惹得后人憎。

注释：

①普济：普济寺，张生与崔女相爱之地。

②郑家：崔女嫁夫之家。

荒冢群考

1977 年 3 月

汗峰①脚下冢群稠，不是王孙也是侯。

几去游人皆不解，独留学者待深究。

春秋可踏青松谷，炎夏宜登白雪陬。

漫步草原心乐处，美姑起舞少忧愁。

注释：

①汗峰：天山西部主峰之一，汗·腾格里峰。

漫步八卦城①

1977 年 3 月

八卦城中烟雨重，游人有意辨西东。

白杨遮阴藏金乌，绿水亲湄走玉璁。

北去伊犁山不阻，南行喀什路难通。

谁能穿洞天山路，伟业千秋立大功。

注释：

①八卦城：新疆伊犁特克斯县。

驻军 9 团^①行

1977 年 3 月

寺庙寒凉无喇嘛，军邻隔壁驻兵家。
曾经龛上香烟断，原本窗前冷月斜。
细雨开心行陌处，雄鹰展翅戏昏鸦。
蹉跎岁月人生变，百姓求金不食沙。

注释：
①驻军 9 团：现役边防军 9 团。

特克斯河春游

1977 年 6 月

春暖风轻草木苏，几多野客踏香蒲。
苍鹰斗翅清空乱，天马扬蹄雾日浮。
对酒摊前装煞客，放歌水畔醒娇姑。
守边莫悔人生路，或可诗成妙句储。

喀夏加尔①访霍加②

1977 年 9 月

学修哈语尤为差，慈目柔眉互比画。
白酒二瓶三客送，红糖一袋九家夸。
今时遍踏山乡路，日后频开友谊花。
暮落轻歌飞马快，入门已是月西斜。

注释：
①喀夏加尔：昭苏县一乡镇。
②霍加：哈萨克族人，公办商店主任，好友。

乔迁新居

1978 年 5 月

新居坐北面朝南，公建私修共四间。
喜鹊临门添吉庆，煦日入院馈乔迁。
我逢老友三更醉，月照新邻六户眠。
晨起遐思今世好，窗开眺望对天山。

麦田如石碾

1978 年 6 月

山野花茵景色佳，天鹅展翅舞红霞。
水湄柳岸听奇曲，半岛丛林响塞笳。
风暖麦田初拔节，冰雹击顶乱昏鸦。
远眸十里秆如碾，万户呼天坠泪花。

伊犁李檬苹果①

1978 年 8 月

李檬苹果甜香脆，自是华邦夺首魁。
夜下清凉风浸露，午时炎热日增辉。
乌峰②摇影云鹰起，丽水③扬波玉谷归。
大汉和亲西域地，无缘项羽走乌骓。

注释：

①李檬苹果：伊犁苹果最佳品种，李檬二字为谐音。

②乌峰：天山西部余脉乌孙山峰。

③丽水：伊犁河，古称丽水。

参观马奶子葡萄宅院

1978 年 8 月

清晨日出大门开，一股幽香扑鼻来。
马奶葡萄棚下挂，主家吠犬宅中乖。
吾无寸土人居处，他有花城①聚宝台。
淡泊人生心静好，三杯老酒可开怀。

注释：

①花城：新疆伊宁美称。

无籽西瓜

1979 年 7 月

西瓜无籽甜如蜜，辟地开天万古奇。
便道停车田埂走，草溪踏步柳莺啼。
舟行丽水三千里，誉落兵团六九①圻。
陌客展眉棚下坐，心甜口爽不思离。

注释：

①六九：新疆生产建设兵团第四师 69 团。

野核桃沟^①探踪

1979 年 8 月

万亩核桃百壑林，山楂野杏共氤氲。
奇花异草晨风醉，险谷幽坪暮雨临。
常见山鸡溪上舞，偶闻雪豹路边寝。
此间野果皇天赐，从古至今多少春？

注释：

①野核桃沟：位于新疆巩留县境内。

赛里木湖传说^①

1979 年 9 月

绿水蓝天山倒影，小舟几逐浪中鹰。
坡前草茂牛羊醉，松下花香客女疯。
屡说湖心通海底，更传苏舰陷鲸冥。
迷踪未解谁人往，不进漩流不受惊。

注释：

①传说：据传赛里木湖湖底有漩涡，曾有苏联船只被卷入
湖底。

父亲的糊涂面

1979 年 9 月

妈去娘家宋马营^①，我偎老爹在家中。

田头拽得黄花菜，畦下捎回绿荨葱。

街上买来三两肉，灶房擀面半时工。

幼时糊涂今诗记，思父怀香百梦空。

注释：

①宋马营：母亲娘家的村庄名。

雪莲^①颂

1979 年 9 月

天山雪霁日初红，九仞莲开百丈冰。

独恋苍岩人寂处，冷风强骨自从容。

注释：

①雪莲：天山险壁上的一种植物。

独处（二首）

1980 年 2 月

一

时逢七九边疆乱，夜火阴风鬼总缠。
独处心平牵挂少，妻儿铁定故乡还。

二

几多噩梦时中断，家小东归我可安。
放胆独行山里去，踏冰卧雪对星眠。

野生巧西尕①（二首）

1980 年 3 月

一

爬犁马送巧西尕，山路崎岖啼老鸦。
听唤开门眉眼笑，啥风吹得到禾加②。

二

时逢寒月人尴尬，淡饭清茶少手抓。
伊酒三杯迎客醉，汉哈好友谊无瑕。

注释：

①巧西尕：哈萨克语，意为野猪。

②禾加：哈萨克族人，公办商店主任，好友。

75

车行星星峡①（二首）

1980 年 10 月

一

车行峡口心儿乱，走石飞沙暗半天。
大漠深沉驼影少，远眸不见汉时关。

二

茫茫戈壁人烟断，绿水青山不再还。
谁令老天青雨透，长廊千里变江南。

注释：

①星星峡：新疆与甘肃分界线。

回疆情别儿女泪（二首）

1980 年 10 月

一

别离儿女晨悄走，一路揪心泪总流。
此去当知风雪紧，几多无奈惹人愁。

二

西天影断心还乱，自叹边关多事秋。
不尽忧思谁可诉，车行十里九回头。

中秋月影

1980 年中秋

月满中秋佳节到，一轮皓月夜东升。
千家万户同观月，万水千山共月明。
江海小舟愁恶浪，骆驼大漠喜清风。
兵团期盼邻和睦，爱洒人间享太平。

特克斯冬苹果

1980 年 10 月

初冬时节天还暖，西水东来逐浪翻。
八卦城边农院进，千家树下客人喧。
满枝个大红而紫，丰汁品佳脆又甜。
北走伊犁转弯处，熟迟苹果馈人间。

晋城会见左晋安①

1981 年 1 月

万里边关行晋省，恰如老友喜相迎。
一书字正知人品，三读煤城似井陉②。
兄弟同怀兴业志，吾侪共续创商经。
永成③本是精英子，一柱擎天百尺松。

注释：

①左晋安：山西省晋城市工贸公司经理。

②井陉：河北省井陉煤矿。

③永成：王永成，山西省晋城市经济技术开发总公司总经理。

心向巴彦淖尔①

1981 年 2 月

远方回信诚如面，蒙北疆西友结缘。
云子②心高非诳语，朱君③眼阔不虚言。
守成定落时人后，开拓方能天下先。
志士善行风雨路，人生创业苦中甜。

①巴彦淖尔：内蒙古自治区巴彦淖尔市。
②云子：诗者的小名。
③朱君：朱崇富，巴彦淖尔市工贸公司总经理。

新年聚会

1981 年 2 月

大雪封门春节里，新房室内暖如嘘。
高朋性笃千杯夜，烈酒情温七尺躯。
令起三声空律定，拳飞九仞自心虚。
徐兄①无视群人恨，软做孙孙倔做驴。

注释:
①徐兄：友人，因闹酒令众人不乐。

夜品左晋安①回书

1981 年 3 月

一纸回书美意诚，荐贤远引足先登。
高人养德修文道，妙笔生花写政经。
大漠迎风鹰翅远，晋城走马落蹄轻。
为圆创业多年梦，亟待东归会永成②。

注释：
①左晋安：山西省晋城市经济技术开发总公司副总经理。
②永成：王永成，山西省晋城市经济技术开发总公司总经理。

迟来的春天

1981 年 4 月

富民政令出高端，山有情来水有源。
冬雪晚融荒漠地，春风早度玉门关。
脱贫字里多途径，致富声中少法权。
何日边陲金咒解，雄鹰展翅舞穹岚。

天山北麓山村行

1981 年 4 月

一夜春风天地暖，莲开九仞鸟知还。
绵羊觅草山崖壁，天马扬蹄避玉泉。
探友单车流汗雨，入家众口对歌甜。
手抓羊肉伊犁酒，醉话三更不得眠。

边关情话

1981 年 4 月

雪化天山千百里，艳阳普照一疆圻。
哈桑①水畔花妃笑，松柏②林中翠鸟啼。
鹰舞汗峰③云叠影，我行坡马④雨侵肌。
休言时下边关静，长久邻安自古稀。

注释：
①哈桑：77 团驻地哈桑边防站。
②松柏：76 团驻地松柏边防站。
③汗峰：天山西段，汗·腾格里峰。
④坡马：74 团驻地坡马边防站。

北山①夜寝

1981 年 4 月

头枕青山仙界近，体亲绿草脚蹬云。
南坡谷阔穹鹰舞，北麓林深野鼠临。
一曲恋歌情满满，三堆篝火夜炘炘。
鸡鸣林角狼群散，晨露香风润梦人。

注释：
①北山：指天山支脉乌孙山。

南山寻梦

1981 年 6 月

几人驰马束春装，再踏松坡昔住乡。
草甸逶迤晨露美，山花怒放夜风香。
碧溪浪石行生路，幽谷鸣虫恋僻荒。
回马途中天作美，返家喜借月光光。

刘细君[①]公主墓探古

1981 年 7 月

野谷花香草木深，独留古冢对苍旻。
青山松动洒晨雨，绿水波扬飞暮云。
故事千年前辈记，鹄歌一曲后生闻。
谁知孤寂无人处，吾借诗文慰细君。

注释：
①刘细君：西汉乌孙公主，与乌孙国和亲。

夏特天山古道

1981 年 8 月

远眺白龙峰影动，汗腾格里起苍鹰。
千年隘口千层雪，百世丹墀百丈冰。
虎跃险峰能揽月，猴攀云树可摘星。
昔时古道如今断，我愿今生结伴行。

昭苏草原石人群探古

1981 年 8 月

日丽风清去踏青，石人群落探文明。
春天有序花开日，冬月无情雪里封。
绿水渠边飞汗马，红崖顶上起云鹰。
炊烟袅袅苍天远，牧女欣欣舞步轻。

火车上的独白

1981 年 9 月

应邀北国赴巴盟^①，车到兰州突换行。
心敛边疆犹习熟，人停陌地倍知生。
从今独处寻新路，往后多方舍旧经。
成败欣然须淡定，站高眺远借东风。

①巴盟: 内蒙古自治区巴彦淖尔市。

车抵巴盟会老朱①（四首）

1981 年 9 月

一

八月行河套，巴盟会老朱。

站台迎远客，一世忆今初。

二

塞外逢知己，柔光独院浮。

几多惊世论，决断不踌躇。

三

日洒葡萄架，描摹富贵图。

何时为酒醉，月夜不空壶。

四

事毕辞君去，东行选首都。

朱兄情谊厚，后日顾吾庐。

注释:

①老朱: 朱崇富，内蒙古自治区巴盟工商贸易行总经理。

天津行感怀

1982 年 7 月

初始无人建海津，京门自此屯重兵。
海河夜寂星光暗，劝业①屯喧哗大港②新。
鸭淀③疯歌欢不尽，塘沽卸敌恨犹存。
天津解放桥为证，铁固江山慰义魂。

注释：
①劝业：劝业商场。
②大港：大港新区，现名为滨海新区。
③鸭淀：鸭淀水库。

青岛行

1982 年 7 月

崂山云翳青烟袅，碧浪无风九尺高。
早上登山寻老径，午时入海逐新蛟。
风摇清雨飞红帐，人品香螺卧绿寮。
远客何曾青岛住，几多畅想付秋潮。

品龙虾

1982 年 7 月

足踏沙边水，声来美女莺。
崂山仙乐界，客者垦边城。
海味人称道，龙虾我陌生。
首行灯下食，独处叹伶仃。

上海行

1982 年 7 月

人流拥挤头攒动，舵失如同在海挣。
黄浦江沿丢客哭，南京路上踩人疯。
白虾蘸醋阳春面，米酒拌螺也算中。
上海知青军垦地，几多好友路同行。

自上海抵启东

1982 年 7 月

吴淞口外逆江行，浪遏飞舟走启东。
滩岛沙沉崇县立，南阳①镇寂宛人②行。

心闲水上吟佳句，肚饿仓中品美羹。
午后悄然云幕暗，风戏甲板雨姑声。

注释：

①南阳：江苏省启东市南阳镇，与诗者家乡同名。

②宛人：南阳古称宛。

一日车程到沈丘

1982年7月

云雁欲归频展翅，金陵浩气正清秋。
滁州乡镇中原样，定远村街挂狗头。
六尺大锅汤味美，利辛徽子品人愁。
车临界首情难耐，一路风尘到沈丘。

携妻儿游东湖①

1984年3月

晨波潋滟红阳照，众客巡舟彩笔描。
南雨清心人意惬，北风击岸野凫俏。
芙蓉吐蕊生晨霭，碧柳啼莺弄暮潮。
湖岛品鱼多进酒，何方骤起楚天箫。

注释：

①东湖：湖北省武汉市东湖。

携妻儿过九江未登庐山

1984 年 3 月

登岸九江多有憾，凉风阵阵雨绵绵。

游人谁识庐山貌，壮句豪言李谪仙①。

族姓言今三国远，周郎②点将一台欢。

明晨直下东州去，水路何时紫日悬？

注释：

①李谪仙：诗仙李白。

②周郎：周瑜，三国东吴将领。

明太祖陵墓怀古

1984 年 3 月

史言重八①皇天佑，觅故方临太祖丘。

逐鹿中原元帝灭，中华一统解民忧。

注释：

①重八：朱重八，朱元璋小名。

携妻儿古运河行

1984 年 3 月

南下临安①始虎丘②，昨留怨悌一时休。
风吹岸柳云天净，雨洒桑乡彩蝶悠。
沿河古镇闻弦曲，途经水埠立村楼。
稻香千里吴和越，长路三人喜与忧。

注释：

①临安：杭州市临安区。
②虎丘：苏州市虎丘山。

携妻儿游西湖

1984 年 3 月

登临宝塔山湖秀，十里清波一镜收。
听雨苏堤风细细，闻莺柳浪意悠悠。
断桥送伞留神话，古越争权论昔侯。
文种①揽权终受死，何如范蠡②赴齐州③。

注释：

①文种：越国谋臣，辅佐勾践灭吴，自恃功高且贪恋权位，
后被勾践所杀。

89

②范蠡：越国上将军，辅佐勾践灭吴，后赴齐经商，成为巨富，散财与民，誉尊商圣。

③齐州：古齐国，今山东一带。

携妻儿游上海

1984 年 3 月

远眸海上生岚霭，三月春迎万客来。
动物园中儿子乐，南京路上客声哎。
喜游黄浦观江景，恨日吴淞仁炮台。
夜下三更无睡意，霓虹灯灿总徘徊。

读诗寻梦

1985 年 6 月

吾门二代无文墨，塞北碑铭记楷模^①。
太爷何知先祖事，报恩自有后人和。
不求父辈留丰业，笃信儿孙渡玉波。
衣暖食丰文习寂，人生释梦总如梭。

注释：

①楷模：指太爷周德封入国子监为贡士，是吾周门之楷模。

离宴絮语

1986 年 12 月

举杯塞外茅台①酒，即刻东归卧伏牛。
廿二年头缘未尽，九千里处影长留。
乐成家业三年置，愁见房空一笔勾。
临别长思交往事，人生似梦友难丢。

注释：
①塞外茅台：伊犁老窖，被誉为"塞外茅台"。

别宴谢曹公①

1986 年 12 月 31 日

家中设宴谢曹公，几踏寒门美意真。
汝说真情留不住，吾言厚眷谊长存。
昔年走进边疆地，今岁回归梓里村。
腊月东行心落地，连杯老酒表微忱。

注释：
①曹公：曹永清，时任昭管处处长。

与老袁①老张②小酌

1986 年 12 月

处理通知来调令，寒冬腊月起春风。
二兄借故曹门进，老弟亲书信里功。
冰化峰回鹰起舞，风和日丽印开封。
三人约定南都会，一世毋忘老友情。

注释:

①老袁：袁裕民，时任昭管处医院院长，挚友。
②老张：张金玉，时任昭管处参谋科长，挚友。

临行寄诗吴侠①中堂②贤兄

1986 年 12 月

初来问路大街边，结下终生不了缘。
小弟亦非无志子，二兄更是有为男。
挑灯夜读终成器，发奋图强总破关。
廿二高情愁别去，来时走动莫空谈。

注释:

①吴侠：吴侠，建筑设计工程师，挚友。
②中堂：陈中堂，建筑设计工程师，时任县城建局局长，挚友。

阮郎归·寄情福林兄嫂^①

1986 年 12 月

长期兄友自知甜，心轻不畏寒。瞬间弹指廿多年。西疆人少闲。

思旧事，泪珠含，今朝故土还。独褒嫂子酒盅干，人更意正酣。

注释：

①福林兄嫂：王福林表兄，李振秀嫂子。

李公^①墓路边诗别记

与君同舍吾常笑，首长知多酒伴眠。
大错无虞频小犯，心聪且勇厌斯官。
长征拼死千般苦，抗美援朝一命悬。
梓里东归车下立，遥眸故墓忆从前。

注释：

①李公：李华山，时任新疆生产建设兵团第四师昭管处副处长，参谋长。

93

一剪梅·东归车经嘉峪关下

1986 年 12 月

嘉峪关前忆孟姜，天上云轻，地下风狂。昔时白骨眼中昏，恨也长城，喜也边墙。

坎壈人生已品尝，两袖清风，一副柔肠。客行万里马飞疆。来未茫然，去不彷徨。

满江红·南京会岳健民①先生

1994 年 9 月

碧水西来，秦淮岸，醒风晓雾。人伫望，大江云坞，万舟竞渡。玄武湖中春日暖，紫金山上秋风肃。历六湖，孙子②定金陵，周郎顾。

岳飞后，新曲赋。重走马，皇天助。忆悠悠往事，岳飞千古。百姓久将奸佞③恨，人间常使忠良哭。古今颂，清雨醒三苏，汤阴祖。

注释：

①岳健民：好友，教授级高工，在南京某研究所供职，岳飞后人。

②孙子：东吴孙权。

③奸佞：奸相秦桧。

94

途住石河子市

1996 年 7 月

垦区滕畎鹭鹰欢，伫立街头意趣绵。
红日招葵花影动，青鱼戏水柳溪眠。
品瓜入口甜如蜜，观舞扬裙美似仙。
军垦戍边心自壮，八师爱唱赛江南。

夜走准噶尔①

1996 年 7 月

崦嵫霭暮落沙坡，皓月清晖照野驼。
翘首瞪眸观北斗，傍窗点指论星河。
新尘老路怡风寝，古曲今琴响绿莎。
大漠北行阿勒泰②，军营雪艇醉红酡。

注释：

①准噶尔：新疆北部准噶尔盆地。

②阿勒泰：阿勒泰市。

夏特探友马木江①

1996 年 7 月

东去西回夏特乡，草滩散步共徜徉。
十年群聚时悠久，万里单行路太长。
叙旧心开伊酒美，手抓羊肉奶茶香。
弟兄一夜长相忆，友谊长青永世芳。

注释：
①马木江：夏特柯尔克孜族乡机务采购员，维吾尔族人，好友。

北屯①行

1996 年 7 月

阿山风雪冷，四月可开封。
大漠黄沙漫，兵团老垦耕。
市师求发展，实质共相同。
王震千秋业，高楼立镜中。

注释：
①北屯：新疆北屯市。

哈密垦区行有感

1998 年 8 月

古产香瓜唯鄯善，曾因上贡盛名传。
行车未见河来水，信步方知井灌田。
大枣名扬军垦富，香瓜品好客商欢。
班超①名酒当开拓，可与中原携手联。

注释：
①班超：出使西域的使者，此处特指班超酒。

走乌孙山①

1998 年 8 月

车飞九仞关山近，命系悬崖万丈深。
险道花黄晨雨细，疏松雪白暮云昏。
穹空展翅云鹰舞，谷下扬蹄野马喑。
谁借仙门骑鹤去，广寒宫里会佳人。

注释：
①乌孙山：天山西部支脉。

白杨沟①行

1998 年 8 月

云翳关山天不老，白杨碧谷了无嚣。
红尘寂寂心空乱，绿水悠悠意自豪。
志砺半生行路稳，鹰飞万里舞穹遥。
花香树茂多幽静，羡入身边驽马槽。

注释：
①白杨沟：新疆乌鲁木齐市著名景区。

葡萄沟①行

1998 年 8 月

火炉缺雨少云岚，戈壁黄沙赤道连。
日照凹洲腾热浪，水流坎井②起寒烟。
群群海客来疆乐，串串葡萄入口甜。
浊世多为名利苦，人临此处不思还。

注释：
①葡萄沟：新疆吐鲁番市葡萄沟。
②坎井：地下水渠。

红山^①远眺

1998 年 8 月

林公像下望三川，五彩缤纷岁月迁。
朵朵琪花红似火，丛丛瑶草绿如兰。
若无昔日前人苦，岂有今朝后辈甜。
吾盼千秋民族睦，兵团铁定守边关。

注释：
①红山：乌鲁木齐市内小山。

天池^①一日

1998 年 8 月

十里清波映碧松，大山深处立琼宫。
云开峰露千层雪，暮落林悬万盏灯。
翠苑放歌男子壮，彩舟起舞女身轻。
一池净水皇天赐，瀑下三川五谷丰。

注释：
①天池：新疆天山天池。

夏日巴里坤①

1998 年 8 月

千里雪融冬渐远，春风已度玉门关。
翠麓苍松清风爽，紫陌青坪细雨绵。
策马飞驰荒草地，放歌弄笛艳阳天。
夕阳西下香妃舞，篝火疯燃夜客欢。

注释：

①巴里坤：新疆哈密地区巴里坤哈萨克自治县。

火焰山①与坎儿井

1998 年 8 月

红崖吐火奈何天，百里村稀地冒烟。
公主风扇三百里，农家井守一千田。
远山眸见峦峰雪，坎井溪流地下泉。
久在天山人可释，瑶池九滤落凡间。

注释：

①火焰山：新疆吐鲁番市景点。

故人回伊犁

1998 年 8 月

赤谷①花香赖汉姻，乌孙旖旎夏如春。
轻舟破浪千凫舞，草甸扬蹄万马喑。
雪盖千峰青月老，渠连九畹绿城新。
贡鱼一品传天下，塞外茅台慰故人。

注释：

①赤谷：古时乌孙国赤谷城。

巫山一段云·与世银①的误会

2010 年 7 月

为事疑生乱，无端积怨深。几多仇恨几多浑，晤面陌生人。
梓里西回少，疆逢悔是真。也曾宴上盼登门，疾雨洗天云。

注释：

①世银：马世银，同学，同乡。

与马永和①夫妇赴天宝②李梅③宴会得会李公夫人

2010 年 7 月

余与老红军李公华山在解放大桥指挥部同吃同住达 8 月之久,感情甚笃,可谓知之深矣!时至今日,音容笑貌犹存。忆当年,情如昨,夜难寐,欣命笔,拙诗一首以记今日之幸,以告李公之灵。

久战知生死,枪林锻将魂。
红军行草地,抗美血染尘。
颂德思前辈,歌功砺后人。
边陲风骨硬,笑貌总长存。

注释:
①马永和:诗者好友。
②天宝:程天宝。
③李梅:程天宝夫人,老红军李华山的女儿。

伊犁河观景

2010 年 7 月

伊河①腾细浪,碧岸柳含烟。
鱼逐滩湄草,风酥玉女肩。

注释:
①伊河:新疆伊犁河。

应邀品贡鱼

2010 年 7 月

岸上观河景，怀英①自下厨。
贡鱼尝美味，废约雾霾浮。

注释：

①怀英：杜怀英，某酒业公司总经理。

伊犁故乡聚会

2010 年 7 月

几何时，离疆二十余年矣！光阴荏苒，岁月如歌，盛夏避暑，
故地重游，老友相聚，分外愉悦。共叙旧事，几吐肺腑，情如当年。
赋诗一首以记相聚之乐。

几度冬寒几度春，几时坎壈几时尊。
边陲入世根基浅，故里习文意义深。
漫漫风尘人奋斗，如歌岁月梦成真。
卅杯敬酒情难表，再现当年笑语频。

率儿孙登格登山

2016 年 7 月

台山远眺农庄近，此处曾经起战云。
昔日风高边界斗，如今友好共亲邻。

与儿孙花城宾馆①会友

2016 年 7 月

花城聚会欣相歌，老友皆成白发人。
进酒三杯言不尽，边关大定我宽心。

注释：
①花城宾馆：伊犁农四师宾馆。

中州秋雨

回乡第一春

1987 年 1 月

时临春节到，皓月即东升。
昔走高原地，今归古宛城①。
边陲多奋斗，梓里尽征程。
击浪行东海，扬鞭踏九峰。

注释：
①古宛城：南阳。

与金兄①喜酌

1987 年 1 月

冷月风还冷，初时共酒初。
夜窗啼雀夜，夫者对斯夫。
释解人生梦，欣登五岳途。
寒梅迎雪笑，更待紫岚浮。

注释：
①金兄：金富强，由他安排回宛，与其亲如兄弟。

刘秀坟

1987 年 2 月

北邙阴脉败，古冢满青苔。
笑侃河滩处，风摧老柏衰。

袁世凯坟

1987 年 3 月

阶前客影留，老冢几春秋。
众论先朝事，乡人脸上羞。

故土新路

1987 年 5 月

兵团廿二岁蹉跎，奉献青春也算多。
守土坚心存垦志，和邻①奋斗化兵戈。
还乡故里重修炼，尽孝娘亲再筑窝。
踏破山川风雨路，几多壮语谱新歌。

注释：
①和邻：与苏联和平相处。

红旗渠①颂歌

1987 年 6 月

浪滚漳河水，南流九堰隈。
功成杨贵②笑，绿野透香薇。

注释：

①红旗渠：河南省林县（现林州市）十万民工修建的特大水利工程。

②杨贵：时任林县县委书记。

与吕樵①回村里

1988 年 5 月

岁月悠悠梓里还，村头旧处迹寻难。
堤边小憩茅丛热，池畔疯爬月下寒。
秋雨滂沱泥路滑，夏风肆虐草房掀。
徜徉碧野情依旧，只是时光不似前。

注释：

①吕樵：南阳人，作家，同学，老友。

登开封龙亭^①

1988 年 6 月

金人^②入主阴霾盛，铁马横戈踏汴京。
不是天朝良将少，亦非岳帅智谋穷。
忠臣含恨阶前死，奸相求荣胯下生。
历经南朝千世骂，龙亭依旧血风腥。

注释：

①开封龙亭：宋都开封朝廷议事之处。

②金人：宋女真人。

黄河壶口瀑布

1988 年 9 月

黄河九曲嚣壶口，古瀑磅礴气势宏。
水雾冲天浮百丈，云鹰斗翅舞千峰。
陕山沃土三川秀，华夏神州五谷丰。
人问黄河清与浑^①，吾行贵德早知情。

注释：

①清与浑：黄河在青海省贵德县西为清水，东为浑水。

参观大槐树①感赋

1991 年 4 月

先祖走荒陬，平民百姓愁。
谁知风雨夜，路客死田头。

注释：

①大槐树：山西省洪洞县古代外放、迁徙之出发地。

参观西递古村①

1991 年 5 月

五月徽州春意暖，风吟白鹭舞村边。
溪塘古渡连青舍，院宅新规护绿田。
竖立牌坊迎客敬，鸡鸣水畔斗童欢。
前朝事久知人少，原本唐皇望族②迁。

注释：

①西递古村：安徽省黟县的一个原生态古村。

②唐皇望族：指唐昭宗李晔后人。相传他们南迁至西递古村。

兴游千岛湖①

1991 年 5 月

舟环千岛人心爽，碧水连天翠岸长。
放眼云空呼白鹭，登跻领地逗猴王。
古衙古址沉湖底，新国新城起凤凰。
初食鳜鱼思海瑞②，清官七品美名扬。

注释：
①千岛湖：跨浙皖两省的新安江水库。
②海瑞：明朝淳安县令。

庐山行感怀

1991 年 6 月

远眺庐山生紫霭，乱云飞渡释襟怀。
风迎瀑布从天落，人踏荒岩入梦来。
竹径莺啼寻陌路，龛炉烟袅绕仙苔。
古今骚客①知多少，佳句谁超李白才。

注释：
①骚客：泛指古今诗词家。

登黄鹤楼^①

1991 年 6 月

登高致远层楼望，但见龟蛇锁大江。

高架如虹云里起，小舟似箭水中航。

楚天雨洒荷花舞，岸柳风摇鸟翅翔。

黄鹤谁知何处去，空留骚客慨而慷。

注释：

①黄鹤楼：位于武汉长江大桥一端，著名景点。

四川梦中行

1991 年 10 月

李白留名句，人知蜀道难。

宜宾观竹海，阿坝踏红原。

展臂岷江水，舒心峨谷猿^①。

诗成泸定索^②，意尽剑门关^③。

注释：

①峨谷猿：峨眉山谷之猿。

②泸定索：泸定桥之铁索。

③剑门关：入川的北部重要关隘。

与宿迁郭工参观项羽①庙感言

1992 年 4 月

自从楚汉息兵戈，逐鹿中原踏旧河。
项羽若无垓下败，刘邦②岂有大风歌。

注释：

①项羽：西楚霸王。
②刘邦：汉高祖，西汉开国皇帝。

淮安参观韩信①庙

1992 年 4 月

读史吾知韩信恨，功臣受死叹孤丁。
萧何②可否心中悔？吕雉扬威走狗烹。

注释：

①韩信：淮阴（今江苏省淮安市）人，西汉大将军。
②萧何：西汉开国功臣，相国。

陪安徽 29 位贵客①武当行

1992 年 6 月

徽人聚武当，一路尽惊慌。
时误人多议，司机怒目张。
车飞崖险处，众客肺生凉。
玩命非儿戏，平生第一桩。

注释：
①贵客：诗者邀请的 29 位安徽贵宾。

当涂采石矶拜谒李白墓①（二首）

1992 年 6 月

一

吾临矶上望松筠，独客寻踪探古今。
凭吊先师青冢老，引歌后辈紫薇沉。
才高笔落惊天句，志大诗吟泣鬼神。
醉酒惺忪空自负，谪仙飘逸太天真。

二

一朝失态皇宫里，几尽狂言野露村。
可叹平生天不济，欲求显达总寒衾。
登高不悔千峰险，致富须知半世拼。
前辈皆知寒月度，谁能醒得苦中吟。

①李白墓：位于安徽省当涂县采石矶。

深渡^①结识张富贵^②先生

1992 年 6 月

一席闲谈知学养，绩溪水入富春江。
舍边漫步亲和态，会上开言直性肠。
与会不长交结厂，后成知己友情长。
临行晚宴多丰盛，口子^③驰名美酒香。

注释:

①深渡：安徽省黄山市歙县深山古镇。

②张富贵：安徽人，高工，好友。

③口子：安徽口子酒。

携妻子漓江行舟

1993 年 3 月

轻舟阳朔去，两岸尽芙蓉。
歌起渔姑秀，云浮野鹭灵。
蕉林闻犬吠，浅水戏顽童。
九马^①生岩壁，漓江映翠峰。

①九马：漓江石壁上有九马腾蹄图，是自然景观。

携妻子游桂林①

1993年3月

经年游桂志，六月总成行。

独秀峰生韵，暗柳鸟啾鸣。

神工溶洞造，鬼斧七星屏。

山水惊天下，神州景不同。

注释：

①桂林：广西壮族自治区桂林市。

携妻子登岳阳楼①

1993年3月

独上岳阳楼，湘乡已正秋。

眸收天际水，指点洞庭鸥。

老范②忧和乐，中华万古留。

乡人怜杜甫③，老病死孤舟。

注释：

①岳阳楼：位于湖南省岳阳市。

②老范：范仲淹，《岳阳楼记》作者。
③杜甫：诗圣杜甫。

扬州瘦西湖①

1993 年 4 月

十里瑶池如锦簇，游莺已醉瘦西湖。
微风细细吟柔柳，淅雨纷纷乱野凫。
造就千年鱼米地，俨然一幅水乡图。
扬州墨客留青史，古邑隋炀臭味除。

注释：
①瘦西湖：因湖形细长得名。

三月下扬州

1993 年 4 月

烟花三月下扬州，滚滚长江万古流。
老邑①城边寻故址，陈亭水畔望新楼。
运河岸上风摇树，都伯湖中雨戏舟。
感叹水乡春景美，游人不舍去杭州。

注释：
①老邑：指隋炀帝在扬州住的地方。

南京吟

1993 年 12 月

陌客住南京，心中百味生。
秦淮①多冷月，玄武②聚高朋。

注释：

①秦淮：指秦淮河。

②玄武：指玄武湖。

淮安敬谒梁红玉①庙

1994 年 4 月

岁月如烟巾帼女，威风凛凛建功勋。
夫人擂鼓江生浪，韩帅②挥刀扫敌群。
卖国求荣奸佞辈，抗金决战栋梁臣。
如今还赞梁红玉，吾也留诗后世吟。

注释：

①梁红玉：南宋抗金巾帼英雄。

②韩帅：南宋韩世忠元帅，与宗泽、岳飞同为抗金派。

登金山寺偶思韩世忠

1994 年 4 月

长江血战八千众，斩断辽金回路兵。
红玉擂鼓情似火，世忠拼杀气如虹。
奸臣亡国当诛死，良将兴邦可尽忠。
常怒岳飞秦桧害，韩公借酒了残生。

朱元璋祖陵

1994 年 4 月

重八家门本句容①，盱眙②乞讨爷埋茔。
父逃客死凤阳③地，自去从军蚌埠营。
浴血阴山封北漠，安民立帝坐南京。
江山万里鞑靼灭，天下归心佑大明。

注释：
①句容：江苏省句容市。
②盱眙：江苏省盱眙县，朱元璋祖父陵在此县境内。
③凤阳：安徽省凤阳县，朱元璋父亲陵在此县境内。

与张云发、张长军、张锐①登黄山

1994 年 5 月

乱云飞渡漫黄山，恶雨狂风不胜寒。
天柱台栖三万鹤，莲花峰卧九千仙。
崎岖险峻身难立，阡陌幽荒眼发旋。
上去人初还气盛，下来共叹腿如瘫。

注释：

①张云发、张长军、张锐：同事。

淮阴会张科①

1994 年 9 月

独自走淮阴，冬寒见暖春。
张科多善待，小董②作陪人。
亭酒③三杯饮，吾心一世亲。
闲来思故友，拙句总长吟。

注释：

①张科：淮阴人，高工，科长，友人。
②小董：工程师，后任局长，好友。
③亭酒：分金亭酒。

与汪凯杰、孙健、杜明①登泰山

1994 年 9 月

日出泰山红，登高一望空。
求仙香客祭，迷信误人生。

注释：
①汪凯杰、孙健、杜明：同事，好友。

南京明故宫①

1994 年 9 月

明朝岁月凝，此处后人憎。
冤鬼知多少，江山血染成。

注释：
①明故宫：明太祖朱元璋的皇宫。

西双版纳^①行

1994 年 11 月

青鹤高翔上九重，万山滴翠挂云松。
老牛恋水黄田畔，少女扬喉绿竹丛。
植物园中花吐火，澜沧江上雾生风。
古来版纳无冬日，百姓相安享太平。

注释：

①西双版纳：云南省西双版纳傣族自治州。

满江红·五十感怀

1995 年 3 月

三代寒门，西田里、情同鹿囿。年少苦，古城^①求志，毅然西口，果洛傲霜羌马远，天山踏雪峰峦秀。曾几时，倥偬走江东，行云厚。

天下事，人苦斗。黄土老，山河旧。壮行三万里，慧心天授。北国风吟贤士冷，南疆雨急雄鹰瘦。长梦悟，酎酒陋庐兴，清风透。

注释：

①古城：青海省西宁市。

飞越河西走廊①

1995 年 4 月

阵阵清风滚浪沙，沉沉大漠睡天涯。

机飞千里人家少，何日青山又见花。

注释：

①河西走廊：指丝绸之路中兰州至敦煌一段。

苏州虎丘山行

1995 年 4 月

千古虎丘空寂寂，星明月暗塔斜基。

不知青冢真娘①面，焉晓皇宫越女啼。

碧水一泓游伴戏，剑池二字羲之题。

断然范蠡离吴越，文种贪权下错棋。

注释：

①真娘：唐时吴中名妓。

邀人再登泰山

1995 年 5 月

南天门外狂风乱，东岳苍茫不见天。
禅寺龛前烟袅袅，青松岩下雨绵绵。
天梯阶陡人如蚁，云海庙高行似蚕。
三月开春还落雪，登临此处自寻难。

风入松·凭吊彭雪枫①将军

1995 年 5 月

孤坟凭吊总凄凉，泪洒大王庄②。倏忽重忆当年事，弹指间、人世沧桑。可叹年华先逝，家邦雪上加霜。

一身虎胆志如钢，淮北战功扬。恨来杀尽东洋鬼，血花溅，跃马飞缰。烈士千秋名在，英雄万古流芳。

注释：

①彭雪枫：河南省南阳人，新四军第四师师长。
②大王庄：江苏省泗洪县大王庄。

沁园春·携妻子长沙行

1995 年 5 月

春满长沙，雪霁容梅，白鹭舞悠。正人歌长岛，鱼欢江水，高桥雄峙，丽女生羞。岳麓观空，云蒸来雨，舵手篙横浪击舟。吾长叹，昔红军血染，史记深仇。

毛公伟业千秋。敢天下为先大道修。论百年成败，三湘激烈，弄潮人众，抗日同谋。温故思今，尘缘谁解，代代英雄为竞侯。登南岳，享中华盛世，自问何求。

满江红·携妻子韶山行

1995 年 5 月

气贯三湘，韶山冲、晨鸡报晓。农子烈、僻乡寒土，虎坪独啸。摆战井冈①星月暗，运兵赤水玄机妙。鸿鹄志、遵义展襟怀，纠歧道。

卧草地，爬雪峭。飞铁索，行泥淖。誓平生斗蒋，乱中神造。吃尽人间风雨苦，换来天下山河笑。功盖世，华夏驻红云，千秋照。

注释:

①井冈：井冈山，红色根据地。

与徐洪强^①游退思园^②

1995 年 7 月

同里退思园，虹桥水榭连。
东溪芊柳坐，西浦翠池观。
南市晨生露，北津晚渡烟。
沉钟鸣古寺，世外可心安？

注释：

①徐洪强：吴江人，好友。

②退思园：位于苏州市同里古镇。

醉花间·与刘英、田峰、孙成军^①扬州行

1995 年 8 月

风吟酒，雨吟酒，吟酒啼莺逗。多少古今人，众说西湖瘦。
扬州寻故事，八怪文人首。谁言郑板桥^②，难得糊涂透。

注释：

①刘英、田峰、孙成军：同事。

②郑板桥：清代书画家、文学家，曾客居江苏扬州，书法
作品《难得糊涂》天下闻名。

亳州^①藏兵洞

1995 年 9 月

亳州昔建藏兵洞，地下能容十万兵。
伐蜀挥戈谋霸业，讨吴布舰屠苍冥。
乱生百姓田园废，争染山川血雨腥。
可叹先人终粪土，曹公也赐大奸雄。

注释：

①亳州：安徽省亳州市，曹操故乡。

亳州敬吊花木兰^①墓

1995 年 9 月

巾帼英雄天下颂，流芳千古列奇名。
从戎杀敌三关固，解甲归乡一路轻。
百姓皆知前面事，一书偶晓后来情。
木兰拒诏撞碑死，墓上黄花伴女陵。

注释：

①花木兰：巾帼英雄，替父从军，屡建奇功。

范公①颂

1995 年 10 月

一简野毛峰，茶轻意不轻。
黄山稀世宝，长在月牙中。

注释：
①范公：无锡人，总工，好友。

梅公①颂

1995 年 10 月

当下真君子，三吴第一朋。
南都思老友，一世敬梅兄。

注释：
①梅公：无锡人，高工，老友。

登崆峒山^①

1995 年 11 月

跻步崆峒立紫峦，几多问道几多缘。

吟风弄月红尘弃，只见青衣不见仙。

注释：

①崆峒山：位于甘肃省平凉市，道教发祥地之一。

鹊桥仙·珠海雨夜

1996 年 3 月

海滨大道，层楼帘动，耳畔惊雷无数。一时暴雨百花残，众游客、争逃水路。

陌街灯暗，急流滚滚，却也轻舟巷渡。难忘小店雨中餐，美味品、欢欣独处。

赴南京

1996 年 5 月

仁目鹰高鸯，春回万木苏。
抽刀江水断，走马气吞吴。
苏锡栖三载，金陵读百书。
江东风雨透，宴庆卧龙庐。

登北固山甘露寺①

1996 年 5 月

步履蹒跚寻旧径，远眸阅尽润州城。
细思甘露联姻计，重踏荒垄饮酒亭。
浪击长江东逝水，吾登固顶北思空。
中俄大可孙刘效②，斩断妖旗霸敌惊。

注释：
①甘露寺：位于江苏省镇江市北固山。
②孙刘效：可仿效三国孙刘结盟。

拜谒京岘山^①宗泽^②墓

1996 年 5 月

京岘青山紫霭腾，江风绿野翳坟茔。
驱金收土宗师^③死，起枢扶灵岳帅恭。
沙场空怀忠勇将，临安少聚灭金风。
南朝最是昏庸主，主战贤臣肺结冰。

注释：
①京岘山：位于江苏省镇江市郊区。
②宗泽：抗金元帅。
③宗师：指宗泽，乃岳飞之师。

钟山^①远眺

1996 年 5 月

远眺群山紫气腾，钟山翠麓卧孙陵^②。
荡舟犹忆秦淮女，寻古方临太祖茔。
玄武湖边风袭柳，鸡鸣寺下雨余松。
难忘卅万人头落，倭寇挥刀血洗城。

注释：
①钟山：南京市钟山风景区。
②孙陵：孙中山之陵。

与妻子游长江三峡

1996 年 6 月

大坝如虹两岸连，利民富国楚先安。
毛公身累南峰卧，天宇云遮北斗眠。
宁水①人漂风送爽，巴山月隐雨生寒。
秭归②自洁香溪③水，滋养昭君俏玉颜。

注释：

①宁水：大宁河，长江支流。
②秭归：湖北省秭归县。
③香溪：王昭君家乡的溪流。

与妻子游丰都①

1996 年 6 月

路崎道险大巴晕，跻步丰都探鬼门。
不信雷风光闪闪，但经浊雨柏森森。
为人处世多谦让，论理平和少独尊。
天下民安吾辈福，阎王殿②上断何阴？

注释：

①丰都：重庆市丰都县，世称鬼城。
②阎王殿：丰都鬼城阎王殿。

与妻子游白帝城①

1996 年 6 月

紫阳城上立云楼，远眺巴山景尽收。

袅袅青烟生翠谷，滔滔碧水渡轻舟。

飞檐殿内书刘备②，凸柱堂前颂武侯③。

人世沧桑天不老，太阳依旧照春秋。

注释：

①白帝城：位于重庆市奉节县内。

②刘备：三国蜀汉皇帝。

③武侯：诸葛亮，三国蜀汉丞相。

河西走廊行

1996 年 7 月

一路狂风滚浪沙，客临大漠踏天涯。

武威城下晨抚柳，嘉峪关前晚眺霞。

赤石火州愁夏日，庄田坎井笑旮旯。

鄯善香瓜甜如蜜，凹地葡萄四海夸。

沁园春·登嘉峪关城楼

1996 年 7 月

嘉峪雄关,历尽沧桑,岿立塞边。叹长城悬壁,威姿依旧,残垣逶迤,几度烽烟。远眺祁连,白龙①横卧,万道斜阳晖九天。边陲雁、喜蜃楼彩日,寥廓江山。

今非沃土江南,忆岁月峥嵘屈指弹。有漠沉青冢,孤灯壁画,遣官汉魏②,已寝千年。天地无情,狂飙肆虐,山翠田荫戈壁淹。逢新世、济四方春雨,换了人间。

注释:

①白龙:白雪覆盖的祁连山。

②遣官汉魏:汉朝政权管辖的地方。

齐天乐·携瑜儿七月走敦煌①

1996 年 7 月

远眸飞鸟祁连断,银滩美峰阳艳。豫客晨惊,苏君暮叹。风造沙丘无限。华邦绝冠,喜春雨秋风,漫山人乱。旖旎黄坡,落晖夕照美中现。

沙山夜风变幻,北渠田路纵,葱绿珠嵌。杏挂街头,香来巷里,尽是清幽妙苑。丝绸古栈,笑十里瓜州,小姑亲善。耳响沙鸣,月牙泉水满。

①敦煌：河西走廊的最西端，历史文化名城。

丽江行

1996 年 11 月

琼台望玉龙①，点蚁徙云峰。
街上溪波动，山中鹭舞鸣。
定眸人眺远，稳足耳生风。
入夜欣来梦，几醉丽江城。

注释：
①玉龙：玉龙雪山。

香格里拉行

1996 年 11 月

吾行迪庆中原客，梅里哈巴踏玉龙。
虎跳金沙江水急，云浮碧海鸟声频。
森林雾重山川秀，草甸茶香藏语融。
世外桃源心不累，湖边叙话落霞红。

丹阳会见老院长

1996 年 12 月

董局[1]先时进陌厢，新朋老友聚丹阳。
吾同薛院[2]兵团客，笑语盈堂美酒香。

注释：

[1]董局：江苏省丹阳人，时任副局长，好友。

[2]薛院：薛在海，原任新疆生产建设兵团某医院院长，后调丹阳，好友。

淮安会董正斌好友

1997 年 3 月

董弟[1]先言定，明天周府[2]行。
驱车韩信庙，回馆日西倾。
巾帼梁红玉，抗金有大名。
承恩[3]人早逝，见识载书丰。

注释：

[1]董弟：董正斌，江苏省淮安人，好友。

[2]周府：江苏省淮安市周恩来故居。

[3]承恩：吴承恩，江苏淮安人，《西游记》作者。

太常引·走扬州

1997 年 3 月

长江万里自东流，春月走扬州。卸任一身轻，十年里、人生少愁。

驱车兴化①，板桥故里，趋步雨初收。难得借闲由，踏村游、心如白鸥。

注释：

①兴化：江苏省兴化市，郑板桥故里。

丹阳会张群①等诸君

1997 年 4 月

半生我最喜张群，豪气飞觞笑语亲。
酒话景洪民俗乐，侃言诌语傣姑晕。
丹阳宜降江南雨，西域偏临大漠云。
薛院兴高人作伴，皆因同是守边人。

注释：

①张群：江苏省丹阳人，高工，好友。

驱车茅山探杨玉彪①

1997 年 4 月

驱车北去半时郊，日丽风清探玉彪。
贤弟接风生暖意，府中设宴备珍肴。
君来有意陪三日，会去无时醉一宵。
非是为兄情谊变，梦中逐海浪峰高。

注释：

①杨玉彪：江苏省徐州人，高工，好友。

如皋叙旧

1997 年 5 月

吾同德友①走如皋，骄女荣芳②性自豪。
欲说当年情不尽，伊犁特酒论拳高。

注释：

①德友：穆德友，时任新疆生产建设兵团副团级书记，挚友。
②荣芳：陈荣芳，穆德友同事，诗者友人。

谒秋瑾①墓

1997 年 6 月

宛客②谒秋瑾，中华革命人。
知书巾帼女，对敌早忘身。
宁可屠刀死，只为信仰遵。
陌生风雨路，草茂虎知深。

注释：
①秋瑾：浙江省绍兴人，辛亥女杰，葬在西子湖畔。
②宛客：诗者。

普陀山①纪行

1997 年 6 月

仰望观音高百丈，祥云独荫普陀山。
幽林阡陌山花紫，香寺尘嚣瓦屋蓝。
小艇迎风登小岛，仙家戏雨立仙班。
台湾本是亲兄弟，一统中华大梦圆。

注释：
①普陀山：位于浙江省舟山市。

无锡①水乡图

1997 年 6 月

长走无锡风雨路，俨然一幅水乡图。
鼋头观景湖如镜，松下听涛荫似庐。
趋步滩湄芳草醉，行舟马岛②翠岚浮。
惊修大佛多雄伟，拙句诗留一代书。

注释：
①无锡：江苏省无锡市。
②马岛：太湖风景区马山半岛。

拜谒大禹陵①

1997 年 6 月

茅山虽小庙恢宏，游客如云拜水宗②。
沐雨栉风行大越③，疏江导滞斗蛟龙。
会稽巡狩书丰录，松鹤飞鸣绕御亭。
司马探穴留史记，莫忘大禹祖先功。

注释：
①大禹陵：大禹之陵墓，位于浙江省绍兴市。
②水宗：治水之祖宗。
③大越：指古越国。

沈园①觅古

1997 年 6 月

清酒三杯空对首，沈园邂逅更心揪。
陆游②运笔心头恨，唐琬③和词脸上羞。
柔柳纤尘熬酷夏，回廊水榭度寒秋。
人生皆有绸缪意，铁茧清规不自由。

注释：
①沈园：陆游家的花园。
②陆游：宋朝诗词大家。
③唐琬：陆游表妹，词家。

杭州拜谒岳飞墓

1997 年 6 月

风波亭上自身躬，泥态端眸远客崇。
听旨休兵犹大错，任人杀戮是愚忠。
岳飞血战英雄将，宋主偏安傀儡龙。
老冢旁边秦桧跪，游人共咏《满江红》。

西施山

1997 年 6 月

春秋割据风云乱，吴主①昏庸勾践②奸。
少伯③真言兴越计，西施都巷教弦弹。
卧薪尝胆人心苦，虫咬装疯鬼态难。
等到发兵吴破日，无缘邂逅泪河干。

注释：
①吴主：吴国君主夫差。
②勾践：越国君主勾践。
③少伯：范蠡，南阳人，被尊称为商圣。

拜谒鲁迅①先生故居

1997 年 6 月

凝眸遗像多怀念，三味书斋②忆大贤。
台榭亭廊还旧貌，菜花异草结新缘。
昔闻煜作知眉冷，今访仙台享逸恬。
君笔随心文瘩斗，后生羞比白云闲。

注释：
①鲁迅：周树人，浙江绍兴人，文学家。
②三味书斋：三味书屋，鲁迅先生少年求学的私塾。

参观朱元璋陵寝感赋褒贬歌

1997 年 7 月

九八沦年[1]元气尽，元璋立国不欺民。

蹉跎岁月贫民苦，铁律权官百姓亲。

重八可知穷祖父，盱眙病死句容人。

父携儿女淮西走，讨饭心酸泪湿襟。

瘟疫延传谁可救，毒风染尽凤阳[2]尘。

朱家几死多悲叹，叔侄还阳两命根。

牛崽求生黄觉寺[3]，青灯寂守度寒呻。

反元起义风潮起，郭部当兵晋将军。

元帅[4]亲和穷汉子，玉成大脚结良姻。

后成皇后三宫首，天下归心马氏[5]辛。

悲叹子兴[6]人早逝，将军[7]接帅后成君。

几多帷帐群英聚，千里阴山扫战云。

西讨伪皇陈友谅[8]，东征首富[9]越吴沦。

独操大印行王道，志灭金元北漠邻。

笑纳朱升[10]三句策，乐闻理政善长[11]文。

贤良太子宋濂[12]教，帷幄运筹刘伯温[13]。

武略文韬徐达[14]帅，汤和[15]百战造元勋。

战功显赫文忠[16]将，常胜将军猛遇春[17]。

智勇双全胡大海[18]，永忠[19]舰艇水军魂。

先锋七战兵神速，友德[20]攻元七胜拼。

逐鹿中原天下定，挥师北漠将如林。

百年屈辱千秋恨，春满天朝九五尊。

武将文臣同报国，奸人乱党负皇恩。

善长丞相㉑为官首，七十株连灭满门。

案系胡贼㉒多万斩，阎王殿里有冤沉。

缘何滥杀功臣老，只怕忠良作乱臣。

蓝玉㉓功高心自傲，府中备反罪成因。

功臣良将知多少，大难临头上路晕。

明主自明心底暗，强权厉法暴如秦。

赋闲命断人无胆，元老三朝耿炳文㉔。

发小何怜徐达死，毒羹监食大忠臣。

呼来唤去刘基苦，赐药军师命丧阴。

征战江南风雨路，文忠暴毙断甥亲。

汤和执意求乡住，与世无争老命存。

明帝深知南宋㉕史，流离失所汉家臣。

岳飞㉖报国忠臣死，世代人民骂宋金。

毁我长城千古恨，铁蹄踏破虎狼侵。

蒙元蹂躏山河碎，血染中华铁木真㉗。

和尚牛童皇位坐，抗元醒世大明新。

治官百姓多称赞，只是私心滥杀人。

视己江山生性变，谁人可测帝王心。

人间正道民为本，太祖功高罪也深。

注释：

①九八沧年：元朝统治九十八年。

②凤阳：朱元璋逃荒落户的凤阳县。

③黄觉寺：朱元璋当和尚的寺院。

④元帅：起义军首领郭子兴。

⑤马氏：朱元璋结发妻子马皇后。

⑥子兴：郭子兴。

⑦将军：朱元璋。

⑧陈友谅：起义军首领，自称汉王。

⑨首富：指张士诚。他以贩私盐发家，且占据了江南一带最富庶之地。

⑩朱升：名儒，献言"高筑墙，广积粮，缓称王"。

⑪善长：李善长，百官之首。

⑫太子宋濂：太子朱标，大儒宋濂。

⑬刘伯温：懂天文地理的政治军事谋略家。

⑭徐达：开国元勋，军事家，朱元璋发小。

⑮汤和：开国元勋，朱元璋发小。

⑯文忠：李文忠，开国元勋，朱元璋外甥。

⑰遇春：常遇春，开国元勋，常胜将军。

⑱胡大海：开国元勋，谦和善兵。

⑲永忠：廖永忠，开国元勋，水军统帅。

⑳友德：傅友德，开国元勋。运兵神速，七战七胜。

㉑丞相：李善长丞相。

㉒胡贼：胡惟庸，丞相，乱党之首。

㉓蓝玉：开国元勋，密谋造反，被诛杀。

㉔耿炳文：三朝元老，被朱元璋吓死。

㉕南宋：汴京陷落，宋室南逃临安，建立南宋。

㉖岳飞：宋朝著名民族英雄。

㉗铁木真：成吉思汗，大蒙古国可汗。

巫山一段云·南下

1997 年 7 月

南下珠江夜，雷摧雨不休。品尝美味论良畴。北客醉中鸥。
借得斯文句，心高骑伏牛①。几多笑脸几多愁。只是再从头。

注释：

①伏牛：河南省南阳市西北部的伏牛山脉。

踏莎行·与李峰、刘英、孙成军、田峰中秋节误入常州访友

1997 年中秋

东海波高，常州日艳，几多云鹤穷天恋。中原游子不乡归，
一朝误把中秋算。

皓月当空，华堂对盏，龙虾飞舞寻常见。常州老友①误中秋，
厚情酌酒三更宴。

注释：

①常州老友：徐副总、杨高工、徐经理、董经理等人。

乐山行

1998 年 4 月

嘉州①自古文人盛，郭老②人生着墨丰。
三水争流舟逐浪，一尊坐佛雨临风。
行人穿洞幽光暗，猴子攀岩墩竹清。
郏县三苏③埋冢墓，不知父子念何经。

注释：

①嘉州：乐山古时称嘉州。

②郭老：郭沫若，四川乐山人，文学家。

③郏县三苏：河南省郏县，苏东坡三父子葬于此地。

上海飞成都首见可亭兄①

1998 年 4 月

沪起成都落，当天见可亭。
军人多朴实，乡梓尽贤名。
君是通天将，吾非入海鲸。
冢头②云霭起，对酒弟和兄。

注释：

①可亭兄：周可亭，同门兄长，原西昌卫星发射基地司令员。

②冢头：河南省南阳市冢头村。

文友斗酒

1998 年 4 月

文海徜徉早有闻，春风得意马骎骎。
向阳张宇[1]清流客，旭旺彦英[2]大侠人。
斗酒东明疯话对，留诗蜀竹妙思吟。
缘征替酒桌前醉，谁可知吾百战身。

注释：

①向阳张宇：何向阳，女作家，评论家；张宇：著名作家，时任河南省作家协会主席。

②旭旺彦英：高旭旺，河南省诗歌学会会长；彦英：郑彦英，时任河南省三门峡日报社社长，后任河南省文学院院长。

谒杜甫[1]草堂

1998 年 4 月

草堂旧迹时空远，后学心沉谒少陵。
绿竹绕溪春盼雨，黄鹂啼柳夏来风。
幕僚有俸官家问，蜀主无银杜甫惊。
病体东行千里累，孤舟命断恨苍冥。

注释：

①杜甫：杜少陵，河南省巩义市人，被誉为诗圣。

同事成都聚会

1998 年 4 月

蹉跎岁月兵团聚，天府重逢醉四川。

昔在新疆风雪苦，今回故土水云宽。

医精刘院①登高位，品正邦昌②笑富年。

酒惯谭兄③还旧态，缘何小弟结文缘。

注释：

①刘院：刘昌寿，同事，后调新疆中医学院任副院长。

②邦昌：王邦昌，同事，后调四川。

③谭兄：谭济奎，同事，后调四川。

登峨眉山①

1998 年 4 月

峨眉九仞立云天，雪卧松根不惧寒。

大佛煌煌开雾海，游人对对隐云岩。

悠悠岁月千秋梦，寂寂红尘一世缘。

肚饱衣丰无大虑，吾求永享太平年。

注释：

①峨眉山：四川峨眉山。

都江堰①感怀

1998 年 4 月

碧水长流山野静，燕飞柳岸雨朦胧。
抽心扶正降岷水②，铸铁沉牛锁孽龙。
古观闻烟云树茂，宝瓶立口浪尖汹。
李冰父子今人敬，拙句恭吟万世功。

注释：

①都江堰：四川都江堰。
②岷水：岷江之水。

浪淘沙·福州行

1998 年 5 月

福建首行踪，千里伶俜。省城雨后白云轻。又识西湖新陌路，
却也朦胧。

可叹毒滋生，乱了清平。中华上下恨烟风。欲走大清烟禁处，
少了林公①。

注释：

①林公：林则徐。

从西宁飞北京转承德

1998 年 7 月

小窗遥望云层厚，白浪滔滔辨海陬①。

九曲黄河飘玉带，三秦②绿野卧琼楼。

风平雾霁虹生晋③，影动天开雁落幽④。

浊世偷闲三两日，心轻承德夏如秋。

注释：

①海陬：从空中往下看，浪飞如海。

②三秦：陇西秦川。

③晋：山西。

④幽：北京。

昭君怨·与三苏①朋友游鸣沙山

1998 年 8 月

瞭望黄沙山上，光足几多清爽。白雪卧祁连，少云岚。

白日滑沙乱象，入夜神风美状。千古月牙泉②，水无干。

注释：

①三苏：江苏省苏南、苏中、苏北。

②月牙泉：月牙形的泉池，千年不枯。

走荆门梦游八岭山^①

1998 年 9 月

菊笑龙山落帽台^②，几多落凤聚荒垓。
论诗李白惊天句，议相张公^③治国才。
游客松筼留楚影，云岩陌岭踏苍苔。
雨中难觅前贤路，吾盼长天睡眼开。

注释：
①八岭山：位于湖北省荆州城西北。
②落帽台：荆州刺史桓温重阳节设宴，参军孟嘉风吹落帽
之地。
③张公：明朝名相张居正。

走京杭大运河古城高邮

1998 年 10 月

古城湖畔风光妙，千里京杭大运漕。
幸与吴工^①高邮会，乐寻陈导^②北京邀。
苏中置宴深情谢，宛郡入庐赊酒聊。
天下奇闻今又见，双黄鸭蛋二筐捎。

注释：
①吴工：高邮人，高工，友人。
②陈导：吴杰胞弟，中国人民解放军八一电影制片厂导演。

153

喝火令·与尹应哲①游雁荡山

1999 年 2 月

雁荡山峰翠，青龙戏碧潭。远眸云海卧千仙。怵踏险岩奇洞，步起索桥颠。

暮落双峰掌②，残灯照旧龛。殿中人聚袅香烟。陌地消愁，浊世悟林泉。店女笑眉迎客，把酒论今观。

注释：
①尹应哲：同事。
②双峰掌：远看两手掌，进洞拜神寺。

南京秦淮河偶思

1999 年 2 月

独立虹桥月影斜，忽闻岸上响琵琶。

酒香影乱秦淮水，艳女依然做暮鸦。

与焦艺[1]游伪皇宫

1999 年 3 月

对日做儿臣，皇宫闹鬼魂。
心齐倭寇败，溥仪[2]变新人。

注释：

①焦艺：同事，朋友。

②溥仪：中国最后一位皇帝。

风入松·与焦艺长春行

1999 年 3 月

酕醄大地戏春城，三月醉朦胧。朔风凛冽人趔趄，望寥廓、云坠苍穹。飞雪弥天酣降，瞬间北国冰封。

长街十里[1]夜帷蒙，琼榭耀霓灯。香坊吐雾如春意，悄声噤、寸寸柔情。阔佬娇娘新贵，不知春夏秋冬。

注释：

①长街十里：长春市斯大林街。

人月圆·与焦艺沈阳行（二首）

1999 年 3 月

一

入春还是冬天梦，街上夜泠泠。残枝败叶，浮尘遍处，时起黄风。

店家争客，行人影叠，声唤如莺。门迎朴女[①]，衣单黛乱，叮叹伶俜。

二

入春还做冬天梦，灯下夜蒙蒙。菜齐邀座，朝姑性爽，独显精灵。

三时宵饮，酒融故语，一吐芳踪。人生苦度，光阴易逝，几许幽情。

注释：

①朴女：朝鲜族女孩，服务员。

念奴娇·与焦艺坐飞机迫降烟台

1999 年 4 月

临窗鸟瞰，正风里颠簸，北南谁辨。吾在末途无助处，堪似寒穹僵雁。头上雷轰，耳边电闪，雨打魂几散，听天由命，望洋只把娘唤。

搏斗机降烟台，一时梦醒，皆自苍天怨。涉世常闻生与死，可有几多人算。身在江湖，神仙难佑，都道今天乱。地天何老，不知风起云幻。

三关①雨夜

1999 年 5 月

长夜茫茫醉异乡，风声细细雨敲窗。
魂飞千仞昆仑路，梦断三关淑女床。
侧耳林深栖鸟静，凝眸谷暗雾浮香。
晨庐云散情思乱，文海徜徉索妙章。

注释：
①三关：河南省西峡县三关村。

定风波·声讨美国轰炸中国驻南联盟①大使馆

1999 年 5 月 14 日

美帝无情重弹轰，性如蛇蝎一般同。使馆吾胞人炸死，惊世，谎言撕去见狰狞。

他国横行仇恨记，民敌，强权欺弱理难容。富国强军民意盼，谁犯，礼行天下少兵戎。

注释：
①南联盟：南斯拉夫联盟共和国。

水龙吟·古刹觅古

1999 年 6 月

荆关①历尽沧桑，残垣古刹香烟断。唐钟落处，宝莲仙霁，尉迟②功显。风雨流年，日沉月隐，衰龛堪叹。眺崇山峻岭，层峦叠嶂，腾云鹤，啼声远。

妙有垂帘瀑坠，喜清泉，碧波悁堰。松屏幽寂，竹柔环翠，猿啼山涧。暮降晖沉，青墙灰瓦，星疏烟淡。乃仙庭洞府，世间净土，令人心乱。

注释：

①荆关：河南省淅川县荆紫关镇。

②尉迟：尉迟敬德，唐朝大将军。

风尘

1999 年 7 月

清晨离岳麓①，当午卧荆沙②。

暮落襄城③畔，星垂淯水④家。

一天飞万里，四季走千崖。

温岭⑤栖云鹤，天池⑥乱雨鸦。

①岳麓：长沙市岳麓山。
②荆沙：荆州市。
③襄城：襄阳市。
④淯水：南阳市白河。
⑤温岭：浙江省温岭市。
⑥天池：新疆乌鲁木齐市南山天池。

华清池闲论

1999 年 7 月

绿草萋萋紫气生，红枫叶舞诉华清。
古池依旧前朝样，陌客重新后世评。
可叹白诗无趣话，一床调笑少媳翁。
玉环怎奈皇帝坏，美女归天命太轻。

南下兴山①寻故

1999 年 9 月

始走兴山千百里，蜿蜒壮美立神农。
野人自古多虚论，学者如今少实踪。
屈子②沉江愁不尽，昭君③出塞泪流空。
香溪觅故心情好，逐浪长江旭日东。

注释：

①兴山：湖北省兴山县。

②屈子：屈原，中国著名爱国士大夫。

③昭君：王嫱，西汉时和亲匈奴。

为老母86岁生日祝寿

1999年9月29日

雪先染鬓白如银，老母迎来世纪春。
旧国贫穷娘受苦，今朝致富子欢心，
近村贤姐多偎暖，远处痴儿尽孝亲。
喜气临门家宴日，吾门永把祖人尊。

飞船①上天

1999年10月

广寒宫里嫦娥泪，缘自神舟宇宙飞。
尘秽百年人励志，风华一代月增辉。
普陀懒见观音秀，东海欣眸战舰岿。
常忆家邦屈辱史，长城永固壮军威。

注释：

①飞船：神舟飞船。

携妻子登上海电视塔

2000 年 2 月

欣登珠塔入云空，俯瞰名都气势宏。

琼厦冲天形似剑，碧江倒影画如屏。

昔时抗战①中华醒，今日兴邦世界融。

屈辱百年风雨路，东亚上海舞神龙。

注释：

①抗战：指抗日战争时期的淞沪会战。

携妻子同游菩提寺①

2000 年 7 月

清晨风入寺，幽径鸟啼林。

竹影花间寂，禅房月下昏。

残生明细理，盛世醒纤尘。

性淡清如水，缘何太认真。

注释：

①菩提寺：位于河南省镇平县。

王府山^①噩梦

2000 年 9 月

假山自古城中立，朱氏江山血肉基。
多少贞姑初夜毁，皇家府第泪成溪。

注释：
①王府山：明朝唐王府第的花园假山。

敬谒张衡^①墓

2000 年 9 月

袅袅青烟升古冢，知天懂地首颗星。
石桥小路通天下，张衡文章也盛名。

注释：
①张衡：南阳人，东汉时期科学家、文学家。

玉蝴蝶·金秋笔会^①

2000 年 9 月

正是暖阳秋月，文星荟萃，情系西陬。瑀岭逶迤，青麓月满龙沟。立高处、层峦叠嶂，众瀑下、万丈飞流。远眸搜，怪潭奇石，径陌清幽。

花羞，菊香峭壁，鸟啼河柳，绿竹风悠。雨霁天开，紫烟飘绕荡沙鸥。借东风，龙腾虎啸，立大志、定达鸿猷。靠奇谋，业为良骥，谁可封侯。

注释：

①笔会：由南阳日报社组织的西峡龙潭沟笔会。

卜算子·吾咏无花果

2000 年 12 月

小院荫凉遮，功在无花果。每到来年酷暑时，叶茂繁枝拓。

一树莳多颗，吃到天寒落。虽是终年不见花，它可单酬我。

蜀竹酒店寄语张宇①先生

2001年3月

周熠言君旭旺云，南都酒会始初闻。

吾如大漠倥侗子，汝似嵩山琬琰根。

蜀竹②寻幽川菜美，茅台壮胆大家亲。

人生买得今朝醉，皓月当空夜幕临。

注释：

①张宇：时任河南省作家协会主席，著名作家。

②蜀竹：郑州市蜀竹酒店。

满江红·寄语何东成①先生

2001年3月

重绘蓝图，精诚谱、古城新曲。民是本、纳言除垢，几多风飓。筹划锦程谋大业，纵鞭天道飞良骥。借淯水、浇得宛园春，身心许。

求发展，良莠滤。庸辈远，灼言取。令行先治乱，惠风偕旭。召父②功卓千代颂，杜诗③恩厚千秋誉。天下事、善政得人心，行春雨。

注释：

①何东成：时任南阳市市长。

②召父：召信臣，南阳太守，被尊称为召父。
③杜诗：南阳太守，被尊称为杜母。

拜星月慢·内乡宝天曼①行

2001 年 4 月

湍水情深，西乡人厚，首踏晴天宝曼。楚雨秦风，古今肥襄宛②。喜春日，地醒，三山迤逦林翠，九谷旖旎如幻。伫立巅峰，展眸青云乱。

大鲵鸣、偶尔清溪见。香獐子、勇跳红岩涧。鹤唳翅展穿空，锦鸡声啼远。歇平畴、蝶舞山花恋。金钱豹、戏斗斑羚蹿。叹净土、草木菁菁，寂幽尘不染。

注释：
①宝天曼：南阳市内乡县伏牛山南麓。
②襄宛：襄代表襄阳，宛代表南阳。

天水行

2001 年 8 月

徒步停南寺，眸沉扫玉泉。
伏羲祥柏老，李广①古茔残。
北观②愁新道，南郭③悯旧衫。
晨钟心落雨，暮鼓肺生寒。

注释：

①李广：西汉大将军。

②北观：天水北边的道观。

③南郭：天水南边的南郭寺。

麦积山①探幽

2001 年 8 月

蹑踏悬空九仞梯，远眸四野众山低。

翠林雨沛三川秀，净土风柔九谷奇。

顶绝云浮人少到，岩陀松动鹤多栖。

甘州也见江南美，李白当年可筑篱？

注释：

①麦积山：位于甘肃天水。

白银黄河缘①

2001 年 8 月

七月西行住白银，高空箔扫夏如春。

大河啸谷深千丈，阶泵扬程费万金。

三玛②当年曾走马，三人③今日自开心。

蹉跎岁月江山好，九曲黄河一母尊。

①白银黄河缘：白银用水从几十公里外的黄河谷底分阶泵抽引入。

②三玛：玛沁、玛多、玛曲三县。

③三人：诗者、张静、陈海云，同事。

未识金昌立市①感赋

2001 年 8 月

金昌立市长城外，广袤荒凉水费猜。
北漠无河寻一井，中川有院梦三槐。
永昌县驻长城内，罗马军留②后裔孩。
我误掠奇存感念，何时续顾解幽怀。

注释：

①金昌立市：甘肃省金昌市。

②罗马军留：昔古罗马军团留下的军人眷属。

与杨武洪张铮登崆峒山①

2001 年 8 月

自古崆峒有盛名，几人不上老君峰②。
弃尘入道磨针观，养性修行静乐宫。
望驾山连舒化寺，凤凰岭映翠微亭。
谁言世外桃源好，不见权官做老僧。

167

注释：

①崆峒山：在甘肃省平凉地区，中国道教圣地。

②老君峰：崆峒山主要奇特之处。

崆峒山莲花庵①

2001 年 8 月

　　龛上袅青烟，羞眸立古庵。

　　寂山尼女苦，陌径客声怜。

　　衫黑清眉秀，面红笑语甜。

　　心沉林麓下，清泪落腮边。

注释：

①莲花庵：崆峒山尼姑庵。

登北岳恒山①

2001 年 8 月

　　欣登北岳松涛乱，遗墨高悬最壮观。

　　幽谷通天仙洞静，屏峰舞剑道人闲。

　　日升林角晨鸡报，客踏苍岩暮落还。

　　人道昭君途浴②处，汗香脂腻化温泉。

注释：

①北岳恒山：山西省大同市浑源县境内。

②昭君途浴：恒山脚下悬空寺溪畔。

阴山^①远眺

2001 年 8 月

阴山远眺羊山乱，只见黄沙不见天。
千里草枯胡马瘦，三年雨少蒙牛蔫。
退耕还草行新策，借土封沙改旧颜。
顾盼青云开眼笑，柔风细雨赛中原。

注释:

①阴山：内蒙古自治区阴山南麓。

成吉思汗^①陵

2001 年 8 月

成吉思汗威名重，叱咤风云统大兵。
跃马欧亚平四海，挥戈金宋^②舞干弓。
阴风卷地胡天暗，赤血惊心汉族憎。
鄂尔多斯黄土老，幽灵谁与伴青灯。

注释:

①成吉思汗：大蒙古国可汗。
②金宋：指金朝、宋朝。

谒昭君①青冢

2001 年 8 月

王嫱②出塞千年久，几客寻踪话古人。
西汉后宫甘露少，匈奴宝帐苦情深。
关山道险风挥泪，途路云沉雨洗身。
青冢缘何其意解，坟前默语悼昭君。

注释：
①昭君：王昭君，大汉宫女，和亲匈奴。
②王嫱：王昭君。

乡梓①行

2001 年 9 月

夜雨风雷急，声声寂鸟啼。
心宽乡梓走，笑语满田溪。

注释：
①乡梓：诗者故里南阳。

车行华北

2001 年 9 月

久旱知千里，农人火上眉。
何时春雨透，百姓解心危。

踏莎行·今昔之兰州

2001 年 10 月

　　我首次西行，距今屈指已四十年矣，今再入住兰州，凝目窗榭，遥眺寺塔，远望台岭，但见南绿北翠，黄河桥横，高楼林立，浓荫蔽日，到处呈现出一派勃勃生机。余不胜感慨，欣然以踏莎行词记之。

　　昔市云沉，秃山雾漫，黄河点点皮舟乱。凉风吹雨惹清愁，街灯昏浊行人怨。
　　今绿南山，翠披北苑，莺歌燕舞千花艳。银花火树夜光柔，人间仙境滨河岸。

阮郎归·与汪凯杰、刘品^①陇西行

2001 年 10 月

吾侪秋月陇西行，穹庐云雁鸣。古城^②新世又峥嵘。满山挂彩屏。

欹枕困，醉魂萦，悠悠秦子情。长天心乱叹伶俜，凝窗飞雪轻。

注释：
①汪凯杰、刘品：同事。
②古城：兰州市。

与汪凯杰、刘品陇上行

2001 年 10 月

兰州自古长川瘦，万里黄河岁月稠。
水润南山花草茂，人攀北岭鸟声柔。
银灯叠影千波浪，玉树摇风七彩舟。
目尽山川多壮美，夜来瑞雪伴金秋。

定风波·兴酒词赠本德①贤弟

2001 年 12 月

三月桃花水映红，白河青鹭鹜长空。一夜清风春雨好，天兆，桑田翁郁梦灵通。

自古帝乡②多雅士，文治，紫薇高照祐惊鸿。冬日傲梅迎雪笑，花俏，幽香喜伴卧龙松。

注释：

①本德：马本德，好友，著名作家，时任南阳市作家协会副主席，文联副主席。

②帝乡：汉光武帝出生地南阳，古称帝乡。

百里奚小院听雨

2002 年 4 月

冬去春来花草醒，柔风细细雨声声。
开窗但见花猫叫，侧耳犹闻小雀鸣。
寂院生幽心气爽，书斋索句性空灵。
诗来小酌三杯酒，化作烟云入梦中。

南阳外滩^①

2002 年 5 月

入夜春来雨，花香洧水滩。
独山生紫霭，高厦刺云天。
影动摇风柳，莺啼舞女欢。
银波亲碧岛，人醉月牙湾。

注释：
①外滩：南阳市白河外滩。

虞美人·夜书华梦

2002 年 5 月

柔情似水舒心愿，点点娥眉绽。燕呢莺哢倚青枝，暮落老
林星月总相知。

芙蓉戏水香塘畔，几处红云染。南风北雨乱幽池，荷下鸳
鸯甜梦正酣时。

宁夏沙湖①

2002 年 7 月

一泓玉液清如镜，多座沙丘映水中。

龙艇波扬芦苇荡，瑶池鱼跃贺兰峰②。

人言宁夏风光美，景比江南秀水灵。

塞上稻香千百里，兵团曾是一家兵③。

注释：

①沙湖：宁夏回族自治区银川市旅游景点。

②贺兰峰：宁夏回族自治区西部的贺兰山峰。

③一家兵：沙湖经营者昔时曾属新疆生产建设兵团第十三师。

四文友小酌（二首）

2002 年 7 月

一

小酌三杯言不禁，幅明①善辩泾渭分。

才高致远人行稳，孺子谦和品受尊。

入梦黄源千里骏，新朝②雪域二陵巡。

幻河绝妙惊天句，名士长歌永世存。

175

二

自度成军诗韫玉，国钦③识广遍京门。

创新固始溱洧育，学士书香翰墨林。

周子④初知先祖荫，修文养性不沉沦。

无求闲鹤鸣天下，雪域边陲铸铁魂。

注释：

①幅明：王幅明，河南文艺出版社原社长。

②新朝：马新朝，河南省文学院原副院长。

③国钦：王国钦，河南文艺出版社原副总编，河南诗词学会副会长。

④周子：诗者。

五台山①感悟

2002 年 7 月

凉风吹醒五台山，清雨浇头一世缘。

袅袅青烟香火旺，声声皇寺噪声喧。

五郎②向佛红尘冷，顺治③移心社稷烦。

吾劝世人明大义，兴邦莫误种庄田。

注释：

①五台山：山西省五台山。

②五郎：宋代杨家五郎。

③顺治：清初皇帝。

鹊桥仙·赤壁怀古^①

2002 年 7 月

碧波万里，大江东去，登岸风高浪逊。仙亭曲径宛人^②来，望古壁、坡翁赋迹。

寓居定惠^③，遗珠东鄂^④，留得后生修习。浑金璞玉庇黄州^⑤，诵名句、莺歌鹤唳。

注释：

①赤壁怀古：赤壁上刻有苏东坡的赋文。

②宛人：诗者本人。

③定惠：定惠院，在湖北省黄州区。

④东鄂：湖北省鄂州市。

⑤黄州：黄州区，隶属于湖北省黄冈市。

与何全志、张长军^①游兴凯湖和农垦连队

2002 年 8 月

绿水青田黑土肥，江山似画尽朝晖。

风吹大豆千重浪，雨洒香花百里葵。

兴凯湖歌鱼跃乱，轻舟搏桨鸟相随。

兵团固国千秋业，百万功臣世代垂。

①何全志、张长军：同事，好友。

欧罗巴^①探访萧红^②居

2002 年 8 月

怅望旧居思绪乱，境迁女去指弹间。

躯沉破褥多愁苦，心冷空惟少笑颜。

常恨虐夫抛弱女，时逢浊世立危栏。

欧罗巴曲萧红泪，开卷唏嘘肺内寒。

注释：

①欧罗巴：哈尔滨市欧罗巴旅馆，萧红受难之处。

②萧红：女作家，黑龙江省呼兰县（现黑龙江省哈尔滨市呼兰区）人。

母亲九十大寿感怀

2002 年 9 月 20 日

云翳西田喜鹊乖，亲朋故旧聚村苔。

夜中还是清风雨，晨起忽然紫日来。

家道贫寒应励志，人丁兴旺可虚怀。

儿孙膝下同堂乐，老母安康笑口开。

与马本德欢宴高编审^①

2002 年 10 月

人回梓里暖如春，本德相邀共洗尘。
老友开怀无限量，频拳斗酒尽高音。
人生做梦多空负，岁月成歌少认真。
西北兵团东北汉，人亲还是故乡人。

注释：

①高编审：高振芳，南阳人，吉林人民出版社原编审，好友。

满庭芳·探访南街村^①

2002 年 12 月

盛世花繁，南街业伟，社会成就精英。守身虔志，华夏露峥嵘。几品方圆大略，寒冬去、雪霁梅容。祥云霭，名高中岳，岿立挺如松。

融融。遵马列，毛公哲理，天下为公。智人路崎岖，何是侗侗。致富心装百姓，好日子，春夏秋冬。吾犹敬，中原硬汉^②，情暖与君同。

注释：

①南街村：河南省临颍县南街村。
②中原硬汉：南街村党委书记王宏斌。

三周①兴会小酌

2003 年 3 月

白河春满画如屏，岸柳摇风百鹭鸣。

雅士修身青竹淡，文人悟道著书丰。

煌煌大作言非浅，满满藏书数不清。

夫子孜孜无懈怠，《皇天后土》②史留名。

注释：

①三周：周同宾、周熠、诗者。

②《皇天后土》：周同宾获首届鲁迅文学奖一书。

与周熠首会二月河①先生

2003 年 3 月

云翳太行生解放，南都风落结文缘。

红楼立论成才路，清史深耕著巨篇。

二月河长通陆岛②，十年砺剑震文坛。

凌君大作传天下，安享清闲自泰然。

注释：

①二月河：凌解放，著名作家，河南文联原副主席。

②通陆岛：作品在台湾发行。

与吕樵^①、周熠^②淯阳桥畔小酌

2003 年 4 月

今春立感心胸爽，突忆当年度大荒。

雪域高原曾走马，天山三线也飞缰。

寒门二代诗书断，浊世三迁道路长。

今起修文无懈怠，与君共乐著诗章。

注释：

①吕樵：同学，老友，著名作家。

②周熠：好友，著名作家，南阳日报原副总编。

葡萄架下春吟

2003 年 5 月

葡萄架上墙，寂院众花香。

侧耳闻啼鸟，凝神理著章。

清风摇紫竹，细雨洒红阳。

独饮三杯醉，孤芳自品尝。

梦中吟

2003 年 7 月

风锁边关大漠沙，寒冬雪月雁行斜。
昔时修得人生路，梦里常听塞上筘①。

注释：
①塞上筘：西北地域民族乐器。

敦煌鸣沙山①

2003 年 7 月

万古沙山万古鸣，月牙泉②满月牙清。
层楼水榭连天色，大漠云天挂彩虹。

注释：
①鸣沙山：敦煌鸣沙山是能发出声音的沙山。
②月牙泉：鸣沙山下形似月牙的小湖。

满江红·词赠王菊梅①市长

2003 年 7 月

月寂星高，风雨透、伏牛五朵。尘世乱、政行天道，运筹帷幄。
不让须眉官宦路，菊梅早定千金诺。百姓事、自古大如天，心宏廓。

治义马，多气魄。亲淯水，思民瘼。盼名成召杜，救贫扶弱。
筹划未来行大略，梅开宛郡②真巾帼。做公仆，泽惠一方民，青
天阔。

注释：

①王菊梅：南阳市第一任女市长。

②宛郡：宛代表南阳，郡指南阳是秦时三十六郡之一的南
阳郡。

应邀南阳师院诗词学会成立致贺

2003 年 11 月

卧龙岗上沐霞晖，学子峥嵘岁月催。

淯水生风迎急浪，伏牛洒雨落惊雷。

冬寒竹苑黄莺去，春暖梅林紫燕回。

吾盼后生多砥砺，皆为学府出星魁。

北京飞天笔会结识欧阳鹤①先生

2003 年 12 月

飞天笔会始知君，诗界传言尽好音。
总理关心扬国粹，诗词学会降甘霖。
十年缘电心犹近，一席交流话更亲。
君子谦和人品厚，几多受益内心存。

注释：

①欧阳鹤：时任中华诗词学会副会长。

飞天笔会张结①老改字得奖②

2003 年 12 月

张老新华当副总，飞天笔会共言中。
诗词造诣先天厚，字海徜徉驾驭轻。
腐败轻民他厌恶，凄惶改字我心惊。
后生大胆尊师意，排得飞天第一名。

注释：

①张结：河南人，曾任新华社副总编，飞天笔会导师。
②得奖：获奖名单共29人，诗者为第一名。

小院①春乐

2004 年 5 月

春来解甲归，绿叶透香薇。
入梦葡藤架，心闲小雀追。

注释：

①小院：南阳市百里奚独院。

邀林老①从龙先生来舍聊天

2004 年 5 月

虽行天下知诗浅，西部长歌早入心。
半世求安文习懒，一天突醒笔方勤。
商家逐利迎风雨，诗界为名守寂门。
林老领军虽受绊，吾襄学会度寒林。

注释：

①林老：林从龙，时任河南诗词学会会长。

江城子·步王国钦①悼念常香玉②大师共韵拙和

2004 年 6 月

惊闻嵩岳雪花飘。老松摇，大河滔。梨园六月，弟子泪如潮。堪叹中州香玉殒，肠欲断、忆芳标。

一生自信戏天高。献飞机，志冲霄。胸怀天下，最是女儿骄。德艺双馨时代秀，荣誉满、紫阳烧。

注释：

①王国钦：河南诗词学会副会长，好友。

②常香玉：河南省豫剧大师。

读熊东遨①先生《中秋》诗有感

2004 年 9 月

共度中秋夜，同吟月下诗。

名成无大小，绩发有先迟。

岳麓多风骨，大山少酒厄。

啥时云鹤到，痛饮寸心滋。

注释：

①熊东遨：湖南人，著名诗人，湖南诗词学会原副会长。

步星汉先生^①《独游岳麓山》原韵敬和

2005 年 5 月 1 日

男儿天下共襟怀，大漠红花处处开。
岁月艰难阴影去，人生美梦紫阳来。
兵团我是无名辈，大学君为教授才。
夜品您诗多尽兴，何时抵豫会嵩台^②。

注释：

①星汉先生：王浩之，新疆师范大学教授，时任中华诗词学会副会长。

②嵩台：指中岳嵩山。

千秋岁引·贺化如^①老友社区诊所开业

2005 年 2 月

浯水扬波，银滩聚客，远眺云鹰九天乐。晨风醉窗小燕舞，红阳弄影千家宅。伏牛岚，杏林雨，美春色。

仲景^②品高尊圣哲，医道论深方独特。后学化如习良策。天生智高有懿德，城乡百姓留芳泽。鲜河风，杏花艳，留诗册。

注释：

①化如：鲜化如，同学、好友，南阳市某医院院长，曾获全国卫生系统先进工作者称号。

②仲景：张仲景，南阳人，被尊称为医圣。

与周润来①会见郭本敏②先生

2005 年 4 月

新影紫云浮，边行③借故庐。
求贤三顾客，共绘大宏图。

注释：

①周润来：中国人民解放军八一电影制片厂原制片主任。

②郭本敏：中央新闻纪录电影制片厂原常务副厂长。

③边行：中国沿边文化考察活动。

与周润来会见夏咏秋①导演

2005 年 4 月

夏导正春秋，亲和美女柔。
同怀天下志，论道问高谋。

注释：

①夏咏秋：中央新闻纪录电影制片厂导演。

南阳府衙

2005 年 5 月

庭堂漫步自沉吟，官宦谁如召杜君①。
多少平民刀下死，冤魂还在古衙门。

注释：
①召杜君：指昔时南阳太守召信臣和杜诗。

品茶

2005 年 6 月

燕弄檐泥星月下，愚翁醉品雨前茶。
人生取舍知多少，不悔江东一念差。

初识滕安庆①导演

始由陈健②初推荐，西部之行做副团。
十省十台同协作，三年百集共操盘。
临京原晓旅途累，论证方知天地宽。
阅历广深君品正，真知灼见总人先。

①滕安庆：时任中国人民解放军八一电影制片厂军教片室政治委员，导演。

②陈健：中国人民解放军八一电影制片厂导演。

牛蕴①赠书偶读《独松》诗有感步君韵和之共乐

2005 年 9 月

中州不独茕，白鹭竞长穹。
夏踏天山道，冬迎雪域风。
伏牛田草绿，宛郡玉光青。
牛蕴堪才俊，诗坛续远钟。

注释：

①牛蕴：河南诗词学会副会长，诗友。

南北二周①的友谊

2006 年 3 月

每临八一先通电，住处相邻约润来。
军地融和欣臂助，北南运作笑眉开。
西行贵在无私欲，立意兴邦可释怀。
两菜一汤随主便，红星老酒足悠哉。

注释：

①南北二周：南阳周世贵，北京周润来。

满江红·参观四达生态园诗赠邱新航①先生

2006 年 3 月

生态园游，人惊处、构思绝巧。心入景，绿林阡陌，碧溪声小。
玉树云蒸瑶草醒，柔莺弄翅琪花俏。是人间、美妙赛琼宫，仙家造。
夜声静，青月皎。风雨顺，雄鹰矞。论人生成败，上天星照。
邱总谋高成大业，圣尊范蠡贤商道。立嵩岳、逐鹿大中原，新航笑。

注释：

①邱新航：河南四季胖哥集团董事长，河南诗词学会原副
会长。

与王国钦①寇牧②会见王立群③

2006 年 5 月

事定开封去，辛劳也不妨。

河南名教授，鹤立百家堂。

拓阔郑开路，半时到汴梁。

车停河大院，立马上楼房。

入座先生室，清茶格外香。

国钦来意说，学弟共匡襄。

提笔先签字，匹夫志国昌。

吾言行十省，万里大文章。

方案前期定，京畿合作方。

作家和学者，西部可荣光。

百集全程录，著书不限量。

心求民族睦，西部锦旗扬。

注释：

①王国钦：河南文艺出版社原副总编。

②寇牧：同事，好友。

③王立群：河南大学教授。

兰陵王·词赠梁希森①先生

2006 年 7 月

少时苦，谁有农家坦路。谋生计，千里单行，关外英雄泪盈目。铮铮铁骨汉，鲁北大鹏高骛。降甘露，绩发京城，砥砺人生几荣辱。

心愫，紫阳沐，建百姓新居，情在田墅，事传华夏千花簇。叹大志宏略，领军人物，新村典范是君树，天下一枝独。

吾者，自空负，算君大手笔，宛客心服。农家子弟人如故。乐陵来拜访，云鹤初度。何时能见，走十省，汝业铸。

注释：

①梁希森：山东省乐陵市农民企业家。

与文老佩章^①先生同住一舍有感

2006 年 7 月

文公同室住，会上走郊郛。
最喜龙舟赛，诗墙^②论大儒。

注释：

①文老佩章：诗人、民营大学校长。
②诗墙：湖南省常德市建造的大型石刻诗墙。

白河南小院

2006 年 8 月

院垛^①人称美，边陲也展眉。
开门迎众友，仰首石榴肥。

注释：

①院垛：二楼顶边墙砌如城垛。

临江仙·与穆德友①拜访关方方②台长

2006 年 9 月

台长方方人气正，几多暖语谦恭。专家学者起丹东。遍行十省，惊世走良骢。

大汉箴言人可敬，共商合作初衷。专题百集落防城。书文百卷，西部立丰功。

注释：

①穆德友：挚友，在新疆生产建设兵团工作。

②关方方：内蒙古电视台原台长。

巫山一段云·喜闻陈立清①来宛题赠

2006 年 10 月

我梦秦淮水，诗成玄武楼。金陵城里有良俦，金道赖君修。宝曼能观景，湖河可荡舟。府衙医圣古祠留，酎酒醉孺牛。

注释：

①陈立清：南京人，高工，好友。

踏莎行·喜闻董正斌①来宛

2006 年 10 月

玉水扬波，长风摇柳，几多梦里时光旧。欣知入宛忆淮安②，笑声独是当年友。

中岳云开，少林姿抖，共迎贤弟吾翘首。无时不念驻三苏③，为君醉饮南都④酒。

注释：

①董正斌：淮安人，好友。

②淮安：江苏省淮安市。

③三苏：指苏南、苏中、苏北。

④南都：汉光武帝刘秀陪都，今南阳。

诗赠王瑞璞①先生

2007 年 2 月

寄语百秋存，王庭月浦深。

瑞河千里处，璞玉卧疏筠。

注释：

①王瑞璞：北京一社团负责人。

诗赠王国智①先生

2007 年 2 月

题诗翠陌厢，王者自流芳。
国富安天下，智高达九江。

注释：
①王国智：北京一社团负责人。

诗赠徐静①先生

2007 年 2 月

徐町一柱峰，静土酊松楹。
品正行天下，高台两袖清。

注释：
①徐静：北京一社团负责人。

水帘洞①感赋

2007 年 2 月

帘洞本荒陬，谁知几世修。
四方骚客至，索句向孙猴。

注释：

①水帘洞：在桐柏县境内。

步郭玉琨①先生来诗原韵奉和

2007 年 8 月

少小离乡梓，西行苦早来。
洁身修品性，砺志踏高台。
下海迎千浪，追风舞九垓。
琼楼吟雅韵，索句用心裁。

注释：

①郭玉琨：好友，南阳诗词学会会长，河南诗词学会原副
会长。

附：郭玉琨先生原诗

小院冲寒发，幽香岁晚来。
曾长满书卷，日短傍阳台。
破腊幽禽共，传春骚客陔。
高标入清韵，何待更删裁。

与八一厂翟导^①俊杰先生晤谈

2007 年 8 月

人言翟导是名家，馆内临门遇见他。
搭讪亲和门内让，老乡认识在京华。
难能相聚京畿地，吾馈香油嫂子夸。
偶见彩屏回梓里，开封老宅孝亲妈。

注释：

①翟导：翟俊杰，河南开封人，中国人民解放军八一电影制片厂导演。

情寄木兰祠①

2007 年 8 月

飒爽英姿战马嘶，心归故国太平时。
边烽宁可埋忠骨，宫里何求落凤枝。
剑撼胡儿千代颂，命亡父墓几人知。
叹君铭诔斯文句，清雨泠泠洒玉墀。

注释：
①木兰祠：在河南省商丘市境内。

应邀赴陇南春①酒厂

2007 年 8 月 24 日

玉岭逶迤胜楚湘，小城信步自徜徉。
风来云动摇春雨，雾霁天开洒紫阳。
肃北沙寒驼草短，陇南地暖柳溪长。
安知阡陌深山处，更有金徽老酒香。

注释：
①陇南春：甘肃地方名酒，酒厂建在徽县山中。

题林老^①从龙先生八十大寿

2008 年 1 月

林中一柱峰，老鹤卧秋松。
品乐先天下，诗名列九公。

注释：

①林老：林从龙，曾任中华诗词学会副会长、顾问，河南诗词学会原会长。

题郭友琴^①贤弟酒会中

2008 年 2 月

题诗翠陌厢，郭侠自流芳。
友善行天下，琴音伴共觞。

注释：

①郭友琴：好友，河南诗词学会副会长。

步郭友琴先生贺岁诗原韵奉和

2008 年 2 月 6 日

风平除夕暖，红日照窗来。
燕舞清幽院，诗吟紫竹台。
小人多不义，君子少贪财。
昂首行天下，琼花四季开。

附：郭友琴先生原诗

金猪吟雪去，银鼠驭风来。
家创千秋业，人登长寿台。
三春多快乐，四季可生财。
贺信声声里，菜花次第开。

贤士行者①

2008 年 3 月

我邀行者行边哨，花萼丛中弄玉箫。
鹤唳云空犹静远，士吟嵩岳尽清高。
春雷惊绿连枝柳，夏雨催红盖叶桃。
待到天山飞汗马，吾侪雪洞卧冰寮。

注释：
①行者：王遂河，著名作家，好友，时任南阳市文联主席。

与诸位会长共勉

2008 年 9 月

古今逐鹿言刘项，云起中州道宋唐。
北漠天寒风雪冷，南方地暖桂花香。
清名怎可容人污，愫腹焉能用尺量。
静气平心君子态，诗坛雅士可流芳。

南都吟

2008 年 10 月

欣逢林从龙会长夫妇，李刚太、刘迅甫副会长，广东吴北如先生莅宛，时有行者、周同宾、张晓军作陪，共乐玲珑阁，窗透白水，诗以记之。

岸柳婆娑碧水长，金秋十月夜风香。
远朋尽酒人生乐，高士宜修少伯方。

乡村一日行记

2008 年 10 月

眺望塍畎如幅画，村庄辐辏换桑麻。
葡萄架下鸡戏犬，茅草溪中鸭逐虾。
农汉愁腮言旧理，老翁笑口品新茶。
公粮养政今朝免，德惠寻常百姓家。

同周润来^①见段兄^②

2008 年 10 月

老段河南本老乡，京畿豫土创名扬。
其人豁达天然性，看似平凡睿智藏。
八一厂门环北走，绕城廿里抵幽厢。
吾奇美味人间少，谁晓何时再品尝。

注释：

①周润来：曾任八一电影制片厂制片主任，好友。
②段兄：段明创，制片人，河南许昌人，好友。

祝贺沈丘^①荣膺中华诗词名县称号

2009 年 3 月

云翳沈丘春意盛，平川百里画如屏。
田塍苗绿三冬雪，草木花红二月风。
万户千村岚霭紫，一河两岸柳枝青。
文人荟萃欣相聚，雅韵高吟落玉庭。

注释：

①沈丘：周口市沈丘县。

林从龙先生名扬中州

2009 年 8 月

嵩岳空灵草木深，中州荟萃聚贤门。
黄河风起千层浪，老鹤名扬一世魂。
湘水连心亲故梓，京畿论道誉诗林。
艰难岁月功劳大，引领诗坛几十春。

与国钦①开封拜访王老②延成先生

2009 年 8 月

与会伊川初晤面，言谈举止不平凡。
论评有道君师表，书法无成我汗颜。
玉镯礼轻何达意，留餐馈字尽周全。
晚生敬羡书和画，恨已荒疏志不坚。

注释：

①国钦：王国钦，河南文艺出版社副总编，河南诗词学会
副会长。

②王老：王延成，开封市宋都书画研究会名誉会长。

荥阳参观刘禹锡^①墓

2009 年 8 月

借得坛山土，孤陵卧翠浔。
柔风摇玉竹，细雨润疏林。
史记前朝事，书通后世人。
求官尘世累，草茂虎知深。

注释：

①刘禹锡：唐朝著名诗人。

敬题李公学斌^①会长

2009 年 9 月

诗坛入主众谋求，博得贤名百世秋。
竹径寻芳留雅句，心疏宦海胜封侯。

注释：

①李公学斌：李学斌，河南省人民检察院原检察长，河南诗词学会原会长。

思 边

2009 年 9 月

几品人生欲卸鞍，吾心自比白云闲。
何来时梦思边草，千里风驰度玉关①。

注释：
①玉关：玉门关。

与王超①回乡为修路捐款

2009 年 9 月

乡梓何曾地里荒，西田世代度沧桑。
雨来厌走泥巴路，风起愁掀老草房。
修路惠民农户乐，纳言律政党风香。
雄鸡报晓新村美，一夜工夫变靓庄。

注释：
①王超：表侄，河南省棉麻公司副总。

邀三叔①走边疆

2009 年 9 月 9 日

李老②欣然他率领，三叔与我走全程。
边行十省匹夫责，送去中东开发经。
考察内容门类广，专家学者著书丰。
三年百集人员定，文化交流立大功。

注释：
①三叔：周清富，曾任部队团长、地方局长，亦叔亦友。
②李老：李学斌。

望远行·鹭起淯水①

2009 年 9 月

流年递嬗，红阳烈、欲把心河融透。少时缘浅，壮岁情长，
最记北疆人厚。故土安家，求得廿年蹄奋，人也骨酥鞍旧。忆今生、
常梦西田鹿囿。

春又，欣眺白河鹭众，五朵起、韵山林薮。举帅立威，悍
牛俯碌，当有李公②襄佑。谁怕高原风雪，英雄开路，可变东肥
西瘦。共发光和热，兴邦功就。

注释：
①淯水：白河。
②李公：李学斌。

题杜康酒厂①

2009 年 11 月

古酒名天下，清溪玉影斜。
林亭吟旧韵，客醉杜康家。

注释：

①杜康酒厂：汝阳杜康酒厂。

登鸿沟①霸王城

2009 年 11 月

鸿沟咫尺成天险，铁马嘶风血战酣。
自古中原多逐鹿，谁怜百姓命悬天。

注释：

①鸿沟：位于荥阳市，以鸿沟为界，西为汉营，东为楚军。

登高眺望岳阵图^①

2009 年 11 月

广武山头论古人，岳飞浴血战辽金。
历来多少忠良将，最是民心不死魂。

注释：

①岳阵图：南宋岳飞当年大战金兵之地。

步李刚太^①先生诗原韵奉和

2010 年 6 月

刚太先生：诗悉甚慰，敬步原韵奉和聊以共乐。

龙舟击浪柳啼莺，一部离骚百世风。
禄米有供人莫叹，嵩山舞剑也功成。

注释：

①李刚太：河南诗词学会原副会长，好友。

附：李刚太先生原诗

2010 年 6 月 16 日

世贵先生：惠济度假、端午听莺，偶思屈子，不胜叹之。寄诗一首恭祝友人节日快乐吉祥。

端居别墅静听莺，午受晴光晚沐风。

感慨离骚谁识得，怀人贺语总难成。

学子寄语

——祝贺中华诗词南阳诗教基地第二届诗词吟唱会圆满成功

2010 年 6 月

伏牛披绿穷鹰远，紫气临风白水间。

学子歌诗思励志，将军舞剑意安边。

作文不作时人后，求道应求天下先。

入世宜轻名与利，古来少伯①是高贤。

注释：

①少伯：范蠡，南阳人，被尊称为商圣。

李鹏^①的护林之路

2010 年 11 月

淮水之源连豫鄂，中州自古竞龙蛇。

虚眸翠麓三峰秀，实踏荒丘九处疴。

泪洒南山风化雨，心牵北坳汗成河。

莫愁时有云遮日，坎壈人生也是歌。

注释：

①李鹏：南阳市桐柏县造林、护林先进人物。

踏莎行·四达生态园词赠健民^①政委

2010 年 11 月

嵩岳风高，黄河浪急，中原逐鹿多博弈。八方尽叹洛阳花，几人不踏开封迹。

绿柳莺鸣，青松鹤起，风流倜傥君矜愎。男儿报国正当时，修身励志争朝夕。

注释：

①健民：周健民，政委，现役军人。

满江红·词寄朱东升①贤弟

2010 年 11 月

气爽天高，风欲静、邙龙云锁。幽阒处、绿山迁影，几多鹰搏。海客乃知嵩岳老，谁人不见黄河阔。喜今日、雨露透中州，桑畴沃。

君行者，情洒脱。田野里，谋宏阔。试平生才智，彩图浓抹。万石荒陬思璞玉，百花翠苑抒霏芍。其回首，驰马踏边关②，千秋魄。

注释：

①朱东升：河南田野文化艺术有限公司总经理，好友。

②踏边关：边疆行考察活动。

贺濮阳市诗词学会换届大会召开

2011 年 4 月 16 日

古土新歌照紫阳，澶渊惠济换时妆。
油香百里春风醉，龙醒千年国运昌。
月季花姝街道美，梧桐荫冠路人凉。
今朝借得空闲日，诗友同吟子路①乡。

注释：

①子路：春秋时期人，孔子最早招收的学生之一。

贺许昌市诗词学会成立暨李国庆当选首任会长

2011 年 5 月 28 日

诗人荟萃众君忙，学会吟旗立一方。
官不恋权疏浊雨，士能耐寂乐清窗。
人逢盛世文星耀，国出强音艺苑香。
莫道许都骚客少，建安七子①早流芳。

注释：

①建安七子：东汉建安年间七位著名文人。

与朱东升①、张好胜②考察李鹏③双叉寺自然生态园

2011 年 9 月

青峰叠翠犹如画，万树丛中挂杏花。
鸬鹚逐波亲绿水，野鸡斗翅舞红崖。
三山挺脊开单口，一虎昂头锁两叉。
此处深幽谁可识，春风何不度仙家。

注释：

①朱东升：河南田野文化艺术有限公司总经理，河南诗词学会常务理事，好友。

②张好胜：河南诗词学会副会长，好友。

③李鹏：桐柏县造林护林负责人，好友。

鸭河水库①行

2011年9月

绿水青山夕日斜，林莺百啭伏牛家。
夜风影动千波月，晨雨岚眠九丈崖。
情系玉壶庭上客，香沉翠苑户前花。
人生得意知多少，我自还听塞上筇。

注释：

①鸭河水库：南阳市鸭河口水库。

结识戴世英

2012年5月

荣平①如姐妹，周戴②弟和兄。
皆是农家子，同担卫国兵③。
郑州初会面，独院复重登。
幸聚三杯酒，心诚一世朋。

注释：

①荣平：荣指诗者夫人于长荣，平指戴世英夫人李妙平。

②周戴：周指诗者，戴指戴世英，现役副师级军官。

③卫国兵：指诗者曾在新疆生产建设兵团参与守边，亦指
戴世英服现役。

拜读尹秘书长寸心集《述怀》诗敬步君韵和之共乐

2012 年 6 月

数年学会知宏隽①，入仕之途阅历深。

带长秘书存睿智，生花妙笔靠鸿文。

做官拒腐千秋史，济世亲民一寸心。

守节奉公身影正，心连百姓共阡尘。

注释：

①宏隽：尹宏隽，河南省委原常务副秘书长，时任河南诗词学会副会长，兼秘书长。

李学斌会长暨驻会副会长欢宴郑欣淼①会长

2013 年 8 月

会长下河南，高风语自谦。

二人青海住，一席郑州餐。

共话江河水，同行日月山。

问官张与李②，兴酒借诗缘。

注释：

①郑欣淼：中华诗词学会原会长，故宫研究院院长。

②张与李：张吉溪，曾任青海省交通厅厅长。李涛，曾任青海省计经委主任，是诗者在玛沁县工作时的领导。

书斋寻句

2014 年 3 月

因图雅句世间存，不羡王侯月浦深。

闲鹤只寻幽静处，但求璞玉卧疏筠。

拜读何广才①会长《春花》诗有感

2015 年 3 月

商都万象古而新，胜我高原几断魂。

雪域放歌②攀绝壁，天山走马③笑苍穹。

三冬炉暖④眠牦帐，万顷花香⑤醉垦人。

故梓暑临天太热，凉都百里⑥夏如春。

注释：

①何广才：河南诗词学会原会长，河南省纪委原副书记。

②雪域放歌：指诗者在青海高原学唱藏歌。

③天山走马：指诗者在新疆生产建设兵团参加天山三线建设。

④三冬炉暖：指诗者在果洛藏族自治州玛沁县工作三个冬天。

⑤万顷花香：指诗者所在新疆生产建设兵团第四师昭管处垦区的万顷油菜花香。

⑥凉都百里：指诗者所在昭管处垦区，夏日如春秋，且无蚊，乃避暑胜地。

华歌^①扶正贺诗

2016 年 8 月

才情横溢自勤勉，誉满中州赞女贤。

秀水幽林西界岭，太平璞玉不虚传。

注释：

①华歌：廖华歌，友人，南阳市文联原主席。

诗寄志钦^①贤弟

2016 年 8 月

吾住乌孙^②廿二年，正名公主著长篇。

志钦承印人相助，世贵收书意未还。

贤弟情柔儒雅士，愚兄性爽直肠男。

何时能得空闲日，好友开怀对酒谈。

注释：

①志钦：张志钦，河南诗词学会执行会长，诗友。

②乌孙：指现在伊犁，古属乌孙国。

庾军^①升迁的贺语

2016 年 10 月

文思萦乱诗肠搅，词海时求妙句逃。
独酌层楼欣对月，贺君嵩岳再登高。

注释：

①庾军：友人，南阳市政协原副主席。

与陈健^①横店影视基地会面

2017 年 6 月

惬跃江东非弩塞，几多勋勉历云昙。
欣逢吴杰^②高邮会，得结京畿陈健缘。
我写和亲公主剧^③，是为二女正浑源。
只因体弱难筹划，横店赠书谊永传。

注释：

①陈健：八一电影制片厂导演，好友。
②吴杰：高邮市高级工程师，陈健胞兄。
③公主剧：《大汉公主》五十万字，长篇历史连续剧剧本。

木兰花·我的贡士太爷①

2017 年 8 月

远眺伏牛青霭动，千顷碧湖红日映。贡士爷，视官轻，梓里教书人起敬。

向上问知须努力，诗学半生为结集。欣吟白鹭九天飞，文海弄波诗自律。

注释：

①贡士太爷：周家军，诗者太爷，入国子监为贡士，皇帝赐名周德封。

锦堂春慢·为孙子考入大学题词勉之

2018 年 8 月

三代寒门，吾生乱世，时逢抗战风潮。日败时短，犹恨内战新高。老蒋出逃台岛，国盛天下人豪。仰首珠海去，子闾①当知，前路迢遥。

十年寒窗辛苦，赴南方学府，一世之桥。词自清秋幽院，语寄书寮。切记心平务实，鹄志远、天济门高。茌苒年华筑梦，云翳西田②，月暖宏霄③。

注释：

①子阆：诗者孙子周宏霄的小名。

②西田：诗者出生地西田村。

③宏霄：诗者孙子。

望远行·拙词敬赠祥叔^①

2019 年 1 月

时逢盛世，常思变、少论人生荣禄。品优风正，学识颇深，慎缜善谋名塑。宛祖周宽^②，原系凤阳戎族^③，多衍卧龙头处。喜祥叔、公仆清风化露。

情愫，曾记昔年酒店，笑稚弟^④，爱其聪狭。沪上几何，远家砺志，成就育才之路。求学身沉交大，心怀家国，博士时宜公仆。眺碧空穹阔，雄鹰高翥。

注释：

①祥叔：诗者五叔富祥，曾在南阳市公安局任职，亦叔亦友。

②宛祖周宽：诗者先祖周宽，原籍凤阳，落户南阳。

③凤阳戎族：明朝时期安徽凤阳来宛征战人员。

④稚弟：诗者五叔的儿子。

锦堂春慢·三叔①三部曲

2019 年 1 月

冬月清寒，初偎老宅，如今卅五年前。举止言行，惊见气度戎轩。部队数年锤炼，定是优秀军官。笃信回梓里，几近操劳，村党中坚。

转商言商求道，自身多学养，智睿非凡。知理知时知节，厚绩何难。广友襄城汉水②，酌酒乐、情溢心田。一世无忧憾少，商圣③为邻，友聚人先。

注释：

①三叔：诗者三叔富显，军人，转业后任基层组织党支部书记，后从商，成为成功商人，亦叔亦友。

②襄城汉水：襄阳汉江。

③商圣：范蠡。

定风波·忆昔陇上行寄语

2019 年 1 月

宋井①岚云照肃州，白河古冢卧龙头。砥砺人生成大器，良骥，安邦平世赴西陬②。

恤弱匡民宏措举，天霁，泱泱华夏展鸿猷。勤政求精留伟业，英杰，煌煌青史可封侯。

①宋井：南阳冢头村宋家。
②西陲：西部荒凉落后之处。

康震①是存入内心的朋友

2019 年 3 月

坛讲人贤太可亲，早成知友入吾心。
边行若达成兄弟，京去择机定会君。
康震风流同一等，唐公②论史逊三分。
吾诗出版京畿进，可借赠书续宛秦。

注释：
①康震：北京师范大学教授，文学院院长。
②唐公：明朝才子唐伯虎。

结识学文①友

2019 年 7 月

公益寻名企，风火一路尘。
凌书②权做礼，求见影难寻。
枉秀千秋业，何如一学文。
京畿军影进，滕导③借军魂。
荐得高层顾，欣登首长门。

风柔文学院，雨急北京云。

合作投资定，边行汉变秦。

自耗钱卅万，余后写乌孙。

注释：

①学文：胡学文，乐陵海鲜大酒店老总，好友。

②凌书：著名作家凌解放（二月河）之书。

③滕导：八一电影制片厂滕安庆导演。

苏幕遮·向董正斌①贤弟致歉

2020 年 10 月

走淮阴，真友善。会上相知，兄弟初情暖。来宛之前从未断。自叹匹夫，可恨因他变。

忆当时，人聚道。无语先离，悔不掏心换。日夜思君君不见。重义之人，岂是无情汉。

注释：

①董正斌：江苏淮安人，好友，南京企业老总。

苏幕遮·向陈立清①贤弟致歉

2020 年 10 月

下南京，时侒偬。初访生疏，会客吾犹敬。去了何知人接踵。
会上相交，肺腑之言倾。

悔平生，诗作证。过错心存，我自成孤影。玉液知时君耐等。
千里行车，书出当亲送。

注释：

①陈立清：江苏省南京人，好友，南京企业副总。

读葛兄景春①先生《登九华山》诗原韵敬和

2020 年 12 月

九华人眺远，李白笑岚峰。

雨霁三山黛，霜迟百谷青。

云烟空宇散，帆影浪尖生。

钟响晨风醒，霞沉暮鼓声。

注释：

①葛兄景春：葛景春，著名诗人，河南省社会科学院研究员，
河南诗词学会原副会长，诗友。

附：葛兄原诗

为寻太白踪，今上九华峰。
山果霜中紫，幽篁雨后青。
江随帆影尽，烟绕碧峦生。
禅寺在何处？钟传云外声。

最高楼·词寄行者①
2020 年 1 月

家乡美，岚霭驻南都，清雨戏轻舟。天文地理张衡智，三
分天下武侯谋。范蠡才，仲景誉，后人羞。

喜盛世、作文行者秀。喜盛世、做人柔懿守。孺子誉，聚良俦。
人生一世平安路，梦中不上最高楼。紫山风，龙岗气，尽君收。

注释：
①行者：王遂河，著名作家，南阳市文联原主席，好友。

为李荣太① 《历史将帅演义》出版发行致贺

2020 年 11 月

岁月如歌飞雅马，人生似梦韫芳华。
长途跋涉惊天路，文海徜徉逐浪沙。
将帅扬名鹰起舞，巨篇问世笔生花。
拙诗一首为君贺，笑对人生品酒茶。

注释：
①李荣太：河南省南阳人，《历史将帅演义》作者。

人生歌

2021 年 6 月

吾年生旧世，自幼住田荒。
长在红旗下，东村上学堂。
西行方十六，干校谱新章。
果洛飞羌马，奋蹄雪域乡。
兵团从垦业，铁志鹭争翔。
砺剑天山下，戍边再起航。
为娘回故梓，大道乐徜徉。
逐浪人当醒，心开少伯方。
习文应不老，性比昔还刚。
太爷名高洁，促吾翰墨香。

卜算子·对月吟

2021 年 6 月

青月照琼楼，对月三杯酒。万里之行总有停，望月心明透。
红日上高楼，暖日诗心拗。西部中州两集分，版日人增寿。

为孙女子淳白菜画欣然题诗

2021 年 6 月

笃信门风改，眸惊作画台。
感怀孙稚慧，青白与生来。

高楼闲语

2021 年 9 月

我住东城望月楼①，丰衣足食不忧愁。
余生常念先人德，伴我诗文白了头。

注释：
①东城望月楼：诗者在东城某小区居住。

后　记

余一生追求颇多，当干部、搞管理、做工人、学技术皆有经历，无论是公营、私营均有成功尝试。本可在江东独立创业，且条件完全具备，但受到乡邻先哲范蠡的影响，不再考虑追求金钱而奋斗。在保证丰衣足食的情况下，开始文学创作，面广而不精。唯有诗词习作，从20世纪60年代开始，陆续写了一定数量，但是在整理选编中，限于身体状况不能尽如人意！然人世间哪有十全十美？谁人一生没留有一点遗憾呢？

诗词集已经完成，一抒情怀！

借机让我唯一一首自由体诗，见见天日。

我是什么？

我是村中的一头黄牛，生在农户中。

夏日热炎炎，冬月冷冰冰。

牛不知年月，牛何感人情？

长大上了套，一生无可争。

白天犁田地，晚上卧陋棚。

长年离不开，虫咬和蚊叮。

时而发怒，偶尔挣扎，

终究脱不掉，我平生的羁绊和缰绳。

我是尘世中一匹烈马，忙碌伴一生。

青海雪域险，艰辛越玛沁。

随后天山转，守边二十冬。

壮岁归故梓，扬蹄又长征。

两广云贵川，浙皖连江东。

蒙地与西夏，几多进京城。

中州两湖，山陕东北。

嘶鸣江河处，尽在疲惫中不停驰骋。

我是一颗小小的流星，谁晓何年终。

旷宇沙砾子，缘何做流萤？

不晓天多厚，何知地几层。

天河总掩盖，我的真面容。

尘世谁知道，春夏连秋冬。

夜伴云与月，昼躲雨和风。

即是长夜，划破黑暗，

霎时影不见，却来也匆匆、去也匆匆。

我是农家的一头黄牛，

我是尘世中一匹烈马，

我是一颗小小的流星。

我不羡天神，我不拜地鬼。

茫茫长夜，虚幻中徘徊，

真实里勇步前行，凄风恶雨，

更增添我身心的磨砺。

一天天，迎着朝阳阔步不停。

我，就是我，

一个忍辱负重，永不言败的普通一兵。

（注：此诗写于20世纪90年代）

在三年诗稿的整理中，我的老伴于长荣给予了最大的支持，使我得到了衣来伸手、饭来张口的精心照顾，在这里表示诚挚的感谢！闺女成莉，儿子成旭、成瑜分别在南阳和郑州为我资料的整理、打印做出了极大努力！他们在工作之余为我操心，我内心实为感动。

特别感谢我最尊敬的老会长、老领导李学斌为诗集作总序。老朋友王遂和、王国钦分别为《西部风尘》和《中州秋雨》做分序，一并表示真诚的感谢！

周世贵

2022 年 7 月